The Awakening of Wolf Moon

BBN
B•BOY NOVELS

烈情

皓月《こうげつ》の目覚め

岩本　薫

イラスト／北上れん

この物語はフィクションであり、実際の人物・団体・事件等とは、一切関係ありません。

CONTENTS

烈情　皓月《こうげつ》の目覚め —— 7
あとがき —— 256

烈情　皓月《こうげつ》の目覚め

1

◐賀門希月《がもんきづき》

ピロリンという耳許の電子音に起こされ、賀門希月は薄目を開いた。一枚フィルターがかかったみたいなぼんやりとした視界に映り込むのは、長年見慣れた天井と照明。自分の部屋の、ベッドの上だ。

ベッドに寝転がってスマホでゲームをしていたら、いつの間にか眠ってしまったらしい。むっくりと起き上がった希月は、Tシャツの裾を摘《つま》んで、パタパタと扇《あお》いだ。

「……あちー」

Tシャツの肩口で顔の汗を拭《ぬぐ》う。エアコンをつけずにうたた寝をしたせいか、額の生え際からは汗が噴き出し、全身がじっとり濡れていた。窓は開いていたが、入ってくるのは熱風と蟬《せみ》の大合唱で、いずれにせよ体温を下げる効果はない。

今年は冷夏だという触れ込みだったのに、蓋《ふた》を開けてみれば、八月に入ってから真夏日が十日以上続いている。夜になっても気温は下がらず、熱帯夜が続いて熟睡できていない。そのため、短時間の眠りを断続的に摂ることで、体が睡眠不足を補っている気がする。

夏は苦手だ。これは希月だけの話ではなく、母も叔父もそうだ。

暑さに弱いのは、母方の血筋である人狼の一族——神宮寺《じんぐうじ》家の特徴なのだ（祖父だけは例外だ。あのひとはいつだって涼しげにしている）。

全身を毛皮で覆われた狼に変身する自分たちは、寒さにはめっぽう強い。むしろ気温が低ければ低いほど、体の内部に力《パワー》が漲《みなぎ》るのを感じる。

希月自身、夏休みより冬休みのほうが、断然テンションが上がって活動的になる。でも、普通の人間はたぶん逆で、夏にアクティブになるものなのだろう。

高校のクラスメイトや、以前所属していたバスケ部の仲間は、やれ海だ、プールだ、花火だ、バーベキューだと夏のイベントで盛り上がっていて、希月のところにも毎日のように誘いのメールが来ていた。だが、どのイベントにもいまひとつ乗り気になれずに断りまくっているうちに、アプローチも徐々《じょじょ》にフェイドアウトし、最近はまったく誘われなくなった。

高校二年の夏休みにバイトもせず、旅行もせず、遊びにも行かず、家でうだうだしているか、スマホでゲーム三昧《ざんまい》なんて終わっていると自分でも思うけれど。

「……ダメだ。暑すぎ。無理」

ベッドヘッドに手を伸ばし、エアコンのリモコンを摑む。ピッと電源を入れ、少しのあいだ待っていると、吹き出し口から冷たい風が出てきた。

ベッドの上に胡座《あぐら》をかいて冷風をしばらく浴びていたら、やっと茹《ゆ》だっていた頭が冷えてきて、ぼうっとしていた思考が動き出す。と同時に、先程自分を起こした電子音のことを思い出した。

さっきのピロリンはメールの着信音だ。

枕許に放置してあったスマホを掴み取る。

スリープ解除したホーム画面には、【タカ】という名前がポップアップ表示されていた。

（タカからメール……）

新規メールを開くと、【日本暑いらしいね。バテてるんじゃない？　こっちは涼しいよ】という文面が目に飛び込んでくる。

双子の弟・峻仁《たかひと》はいま英国にいて、コッツウォルズとウェールズを行き来する生活を送っている。英国も真夏は三十度を超える日があるらしいが、日本と違って湿度が高くないので、カラッとしていて過ごしやすいようだ。朝晩は十度近く気温が下がると、前にネットで調べたら書いてあった。

「ちぇ……いいよな」

タカも一族の例に漏《も》れず、夏は苦手で、以前はよくふたりでぐったりしていた。今年の夏が例年よりだるく感じるのは、一緒に「暑い」とぼやく相棒がいないからかもしれない。

「はいはい、お察しのとおりバテてますよ」

ひとりだけ涼しい場所にいる弟に唇を尖らせて、ふと添付写真に気がつく。ずいぶん文面が短いと思ったら、どうやらメインは写真のようだ。

タップして開いた写真には、白いシャツを着たタカと、ノーブルな顔立ちの背の高い白人男性、そして胸まである銀髪が印象的な、小柄な白人男性が写っている。

三つ揃いのスーツを着た背の高い男性がアーサー・ゴスフォードで、銀髪の男性はアーサーの兄のユージン・ゴスフォードだ。

三人の腕にはそれぞれ、色違いのベビーウェアに身を包んだ赤ん坊が抱かれていた。

赤ん坊は、今年の四月に生まれた三つ子だ。

全員男の子で、名前は上から健仁《ケント》、侑翔《ユウト》、亜希人《アキト》。

三つ子だが、見た目はあまり似ていない。

ブルーのウェアを着た長男の健仁は、黒に近い焦げ茶色の髪色で、赤ん坊ながら凜々《りり》しい顔立ちをしており、三つ子のなかでは一番、父親のアーサーに似ている。

イエローのウェアの次男・侑翔は漆黒の髪を持ち、色が白く、東洋系の顔立ちで、タカ似だ。

ピンクのウェアの三男・亜希人の髪は明るい栗色。顔立ちは伯父にあたるユージンに似ているかもしれない。またこの亜希人には、特筆すべき特徴があった。左目が琥珀《こはく》色で右目がブルーという、オッドアイの持ち主なのだ。父親であるアーサーが左目を失ったあとに生まれてきたため、片方だけ、父の琥珀色の瞳を受け継いだのではないかと言われているそうだ。

そんなこと、現実に起こりうるんだろうか。

いや、でもそれを言うならば、そもそも、この子供たちが生まれた経緯からして現実離れしている。

子供たちの母親はタカ。タカが女性化してアーサーの子供を妊娠し、三つ子を産んだ。

しかも、女性化して子供を産んだのはタカが初めてじゃない。

自分たちの母親——賀門迅人《はやと》がそうだった。母は、父の賀門士朗《しろう》と出会って愛し合うようになり、女性化して自分とタカを産んだのだ。

当時の神宮寺家は、存続の危機に瀕《ひん》していた。

跡継ぎである母と、次男の峻王《たかお》叔父の〝つがい〟の相手が、ともに男性だったのだ。

人狼は、肉体が成熟した頃に発情期を迎え、生涯の伴侶となる〝つがい〟と出会う。人狼にとって〝つがい〟は絶対的な存在で、一度結ばれれば決して離れることはない。

その相手が兄弟ともに同性だった。もちろん、子供は生まれない。

このままだと神宮寺一族の——日本に残った最後の人狼の血が途絶《とだ》える——。

そうした切迫した状況下において、母は駆け落ち先の英国コッツウォルズで、父の子供を身籠《みごも》った。のちにわかったことだが、母は人狼のなかでも特異体質の【イヴ】であり、窮地に立たされたことによって、眠っていた血が目覚めたのだ。

母の特別な【イヴ】の血を、タカもまた受け継いでいた。

タカ自身ですら知らなかったその特異性に、気がついた人物がいた。英国の人狼一族の頭領《アルファ》アーサー・ゴスフォードだ。ゴスフォードも、かつての神宮寺と同じく、一族存亡の機に瀕していた。

人間の女性とのあいだに子供ができないという危急存亡の秋《とき》にあったゴスフォードにとって、血を繋ぐための唯一の打開策が、【イヴ】であるタカにアーサーの子供を産ませることだった。

思惑を秘めたアーサーと仲間たちに拉致されたタカは、英国に連れ去られ、ゴスフォード所有のウェールズの館に監禁された。

忽然《こつぜん》と消えてしまったタカを、そうとは知らず、日本のみんなは血眼《ちまなこ》になって捜した。

神宮寺一族の長老で、元『大神組《おおがみぐみ》』組長の祖父——神宮寺月也《つきや》。

亡き祖母の弟で、神宮寺一族の秘密を護《まも》る御三家《ごさんけ》の一翼を担う大叔父——岩切仁《いわきりじん》。

母の弟で、現『大神組』組長の叔父——神宮寺峻王。

峻王叔父の〝つがい〟で、自分とタカが通う高校の学年主任でもある立花侑希《たちばなゆうき》。

御三家のひとりで『大神組』若頭《わかがしら》補佐《ほさ》の都築《つづき》。

やはり御三家で、神宮寺家主治医の水川《みずかわ》。

もちろん父と母、自分、そして幼なじみの神山《かみやま》みちるも……。

けれど、みんなで手を尽くし、懸命な捜索を行ったにもかかわらず、タカは見つからなかった。

最終的には、双子ゆえの特別な繋がりを持つ自分がタカの夢を見て、それがヒントとなり、英国のゴスフォードに行き着いた。

ゴスフォードの手からタカを取り戻すために英国に飛んだ一行は、しかし、思いもかけなかった現実と直面することとなった。

やっと再会できたタカに帰国を拒まれたのだ。

タカとアーサーは、運命の〝つがい〟同士であり、タカの監禁期間中に起こったいくつかの事件を経《へ》て、いつしか愛し合うようになっていた。

もはや肉親でさえ引き裂けないほどの、ふたりの深い結びつきを目の当たりにし、希月は強い衝撃を受けた。

生まれた時から一緒だった兄の自分よりも、両親や親族よりも、アーサーを選んだタカが許せなかった。

――家族より、身内より、この男を選ぶなんて理解できない！

――そんなのおかしいだろ⁉　なんで……なんでだよ⁉

――なんで俺たちを切り捨てるんだよっ。

弟の選択が、にわかには受け入れられなかった。ひどい仕打ちに思えて深く傷ついた。

――切り捨てるわけじゃない。もちろんいまだって、おまえや父さん、母さん……みんなが大事だ。みんなが大好きだよ。だけど……日本には帰れない。

――キヅにも……いつかわかる日が来る。

タカの言葉に、あの時の自分は「わからない！　そんなのわかりたくないっ」と叫んだ。

――希月。峻仁は〝つがい〟に出会ったんだ。

――俺にも経験があるが、それは人生においてたった一度の特別な出会いだ。ひとたび出会った〝つがい〟同士は、強固な結びつきで繋がる。一族の絆《きずな》、親子の絆でさえ、その強さには太刀《たち》打《う》ちできない。

——海を隔て遠く離れた地に暮らすふたりが、普通なら成し得ないような奇跡的な出会いを果たした。それこそが運命的なことだ。俺たちは……祝福するしかないだろう。

神宮寺の現リーダーである叔父の峻王に諭《さと》されれば、収まらない苛立《いらだ》ちは、それでも呑み込むしかなかった。

正直に言って、いまだって完全に納得できているわけではない。

あれから半年以上が過ぎたけれど、あの時のもやもやした感情を、いまだ消化できないままだ……。

家族や身内を捨ててまでタカがアーサーを選んだことが、指先に刺さったまま皮膚の下に隠れてしまった小さな棘《とげ》みたいに、時折ちくちくと痛みをもたらす。

ふっとため息を吐き、希月は「幸せそうな家族の写真」にふたたび目を向けた。

結局、タカは英国に残り、ほどなくしてアーサーの子供を妊娠した。

『子供ができたんだ』——電話口でそう報告したタカの声は弾んでいた。

年齢よりも大人びており、いつだって冷静沈着で、自分を抑制しがちなタカの声音に、抑え切れない歓喜が滲《にじ》み出ていた。

一方の自分が感じたのは、強烈な「違和感」。

生まれた時から――いや、生まれる前からずっと一緒だった双子の弟が母親になる。

それが、何度反芻《はんすう》しても腑《ふ》に落ちなかった。ぴんと来ない。現実とは思えない。

その違和感は、四月になって三つ子たちが無事に生まれ、さらに四ヶ月が過ぎたいまになっても消えることがない。

希月は改めてスマホの画面を覗《のぞ》き込み、自分の甥っ子にあたる三つ子をじっと見つめた。この前送られてきた写真より、彼らがひと回り大きくなっているのがわかる。家族の愛情に育《はぐく》まれ、すくすくと成長しているのが見て取れた。

一度に三人の子供の母親となったタカは、慣れない育児に追われて大変なようだが、幸い父親であるアーサーが育児参加に積極的なイクメンな上に、伯父にあたり、医術の心得もあるユージンが健康面のサポートをしてくれるので、なんとかなっているらしい。写真で見る限り、子供たちは血色もよく、とても元気そうだ。

日英のハーフ（いまはダブルと言うらしいけど）だし、客観的に見ても、三人ともかなりフォトジェニックだと思う。普通におむつやミルクのCMに出られるレベルだ。

三つ子は生まれた時は狼の姿だったので、出産直後には、ぽわぽわの産毛《うぶげ》が生えた愛くるしい三匹の写真が送られてきた。

まだ目も開いていない孫たちの写真を見た父と母は、「毛色がそれぞれ違うな」「かわいい！三人ともかわいい！」と大騒ぎだった。

自分だって、そりゃあかわいいと思った。かわいいとは思うが、その気持ちは、余所《よそ》の家のペットや赤ん坊を見た時に感じる〝かわいい〟と変わらない。

一応、タカには【おめでとう。かわいいじゃん】とレスを返したが、自分が伯父になった実感は湧かなかった。

血の繋がった子供だから、タカが産んだ子供だから、ことさらに愛おしいという感覚もない。よく、血の繋がった子供は特別にかわいい、目に入れても痛くないほどだ――なんて話を聞くけれど……自分にはわからない。

実物を見れば違うんだろうか。でも、送られてきた動画を見ても、「あ、動いてる」と思っただけだった。両親はまたもや三つ子の一挙手一投足《いっきょしゅいっとうそく》に大騒ぎだったが……。

こんな自分は冷たいんだろうか。人として、なにか欠落しているんだろうか。

(つーか、そもそも人じゃねーし)

そんなふうに自分で自分に突っ込んで、自嘲《じちょう》気味に前髪を搔き上げる。外に出るのが億劫《おっくう》で、散髪にも行っておらず、だいぶ髪が伸びていた。ここまで長くなったのは初めてかもしれない。

「新学期始まる前に切らねーと。はー……だりぃ」

浮かない顔でひとりごちていたら、手のなかのスマホがいきなりピリリリッと鳴り出す。ホーム画面に【タカ】の名前を見て、あわてて通話ボタンを押した。時差の壁もあって、タカからの連絡はほとんどがメールだ。こんなふうに電話がかかってくるのはめずらしい。

「もしもし？　タカ？」

『キヅ？』

ひさしぶりに自分の名を呼ぶ弟の声は、低すぎもせず、高すぎもせずで、耳に心地いい。

さらさらの黒髪、凜と細い眉、涼やかな切れ長の双眸《そうぼう》が眼裏《まなうら》に浮かんだ。幼少時からやんちゃが売りだった自分と違って、タカは級友たちにクールビューティと評され、やや遠巻きにされていた。ファンの女子たちが、「タカくんって、ツンデレだよね」と賞賛混じりの声で囁き合っていたのを思い出す。

思慮深くて、賢い、自慢の弟。

『いま話していて平気か？』

ああ……タカだ。懐かしい……タカの声だ。

胸の奥がじわっとあたたかくなる。

「うん、平気」

『写真届いたか？　昨日、生後四ヶ月の記念に写真館で撮ってもらったやつなんだけど』

「届いた。ちょうど見ていたところ。ってゆーか、電話とかしてて大丈夫なのか？　そっち朝だろ？」

サマータイムの英国との時差は八時間だ。

『ああ、いまはアーサーとユージンがみていてくれているから、この隙にって思って。しばらく声を聞いてなかったから』

「ごめん」

時差を言い訳に、こちらからも電話しなかったことに後ろめたさを覚え、とっさに謝罪が口をつく。

『なに？　なんで謝るんだ？』

「あ……いや……そっちから電話させちゃったからさ。……チビたち、でっかくなったな」

『日に日に大きくなってるよ。三人とも体重が生まれた時の倍になった。特に健仁が、生まれた時点でも一番重かったのに、ますます大きくなって、俺だと抱っこも大変だからアーサーが面倒をみてくれている』

子供の話になったとたん、タカの声色が変わった。それは、一緒に過ごした十六年間では、一度も聞いたことがない声だ。

自分の知らないタカ――。

「……そっか、すげーな。もうなんかしゃべったりすんの？」

『さすがにまだしゃべれないけど、アーとかウーとか喃語《なんご》は口にするよ。あやすと声を出して笑うし、機嫌がいいとニコニコしたり、甘えたような泣き声を出したり……おもちゃも握ったり、しゃぶったりしている』

少し早口になったタカから、親になった喜びと誇らしさ、我が子への愛情がビシビシ伝わってきて、複雑な心持ちになった。

母親になってタカは変わった。もう昔のタカじゃない。

自分より、両親より、身内より、親友より、大切なものができたのだ。それは仕方がないことだと頭では理解しているつもりでも、感情がまだ追いつかない。

『写真や動画だけじゃなくて、早くキヅにも子供たちに会って欲しいよ。本当は夏休みにこっちに来られたらよかったんだけどな』

夏休み前にタカから、休みを利用して英国に遊びに来ないかと誘われていたのだが、バイトをするかもしれないからなどと適当な理由をつけて断っていた。……現実はバイトどころか、ほとんど出かけることもなく家に引きこもっているくせに。

だけど英国まで出かけていっても、タカや彼の家族に笑顔で会える自信がなかった。

『もう少しして、チビたちが落ち着いてきたら、アーサーと日本に連れていこうって話をしているんだ。いまはまだコントロールができなくて、ちょくちょく耳ぴょこしちゃうから』

「……懐かしいな。耳ぴょこ」

『俺たちもよくやって、父さんと母さんを慌てさせたよな。遊園地でティラノサウルスに驚いて耳と尻尾を出しちゃったり』

郷愁に駆られたような声を出したタカが、当時のドタバタを思い出したのか、ふふっと笑う。

希月もタカと一緒に笑おうとしたが、うまくいかなかった。引き攣《つ》った口許のまま、奥歯をぎゅっと噛み締める。

〝つがい〟と出会い、恋をして、子供を産み、親になったタカと比べて、自分にはまだ発情期すら来ていない。

どんどん先に行ってしまう弟に対しての焦《あせ》りと、ひとり置いていかれる心細さ。

ほんの少し前まで同じ場所に立っていたのに、すぐ隣で肩を並べて歩いていたはずなのに、どうしてこんなにも差がついてしまったんだろう。

母のおなかのなかにいた頃から一緒で、なにをするのも一緒で、どっちが先に自転車に乗れるようになるか、逆上がりができるようになるかで競い合い、勉強においてもスポーツにおいても一番のライバルだった弟。

一生涯、肩を並べて歩いていくものだと信じていた弟と、なぜこうも遠く離れてしまったのか。

『そういえばさ』

黙り込んでしまった希月に気がついているのか否か、タカが切り出してきた。

『みちるは元気にしている？』

その名前にドキッとする。

神山みちるは、自分たちの幼なじみだ。小学校四年生の時に地方から、双子の小学校に転校してきた。

小学校が一学年にひとクラスしかなかったことに、みちるが身を寄せた祖父母の家が賀門家と近かったという物理的条件も重なり、自然と仲良くなった。それからはずっと三人で一緒にいた。

自分たちきょうだいには複数の「秘密」がある。

人ならぬ存在――狼に変身する人狼であること。

両親の続柄が、戸籍上は養父と養子であり、表向きは兄弟ということになっているが、実態は夫夫《ふうふ》であること。

自分たちを産んだ実の母親が男性であること。

世間に知られるわけにはいかないたくさんの「秘密」を抱えているせいで、クラスメイトたちと親密な交流が持てなかった自分とタカにとって、みちるは特別な存在だった。

みちるは頭がよくて聡明だけれど、半面、人間関係にすごく不器用だ。極端なあがり症で極度の人見知り。もはやコミュ障と言っていいレベルかもしれない。

性格はとても純真で謙虚《けんきょ》。幼なじみだからといって、不用意にこちらのテリトリーに立ち入ってくることはなかった。イノセントで、人を疑うことも知らない。だからこそ、ここまで長く友人づきあいをしてこられたのだ。

「……夏休みに入ってから連絡取ってない。向こうからも来ないし。おまえは？」

『そっか。俺はメールでやりとりしてるけど……ほら、本当のことは言えないから、あんまり突っ込んだ話はできなくてさ』

タカの声がかすかな陰りを帯び、希月も「……そうだよな」と声のトーンを落とす。

小・中・高校と同じ学校に通い、アフタースクールも三人で過ごすことが多かったが、どちらかといえば、タカのほうがみちると仲がよかった。

特に高校に入学してからは、希月がバスケ部に入り、放課後は部活に出ていたのもあって、みちるとタカのふたりで下校をすることが多かった。

親友で幼なじみのタカが行方不明になったことを知ったみちるは、当然ながら大きな衝撃を受けた。学校を休んでまで捜索に加わり、一生懸命に捜してくれた。タカを心配するあまりに眠れなくなって、学校で倒れたこともあった。

そこまでみちるが心配してくれていたのに、結局、タカは英国で暮らすことを選んだ。日本には戻らず、〝つがい〟であるアーサーと一緒に暮らすという選択をした。

しかし、そのことを、みちるに正直に話すわけにはいかない。仕方がないので日本に帰国後、希月からみちるに、「タカは英国のコッツウォルズで見つかって、そのまま向こうに留学することになった」と説明した。

結論として、誘拐ではなかった。事件性はなく、自主的な家出だった。成績優秀なタカに対して「広告塔」としての役割を求める、学校サイドの過剰な期待など、タカなりにプレッシャーを感じて、学校生活に息苦しさを覚えていたようだ。いまは自分の突発的な行動を反省し、心配をかけた家族にも謝罪して、和解している。ただ、本人は引き続き英国に住むことを望んでいるので、みんなで話し合った結果、タカの希望を叶えようということになった——というのが、みちるを説得するために希月がひねり出した設定だ。本当のことは言えないので、ある程度の脚色は仕方がない。

説明しているあいだ、みちるは黙って俯《うつむ》いていた。長めの前髪と眼鏡に隠れて表情は見えなかったけれど、希月が言葉を切ると、小さな声で「……元気でよかった」とだけ言った。

勝手な振る舞いで心配をかけたタカを責めることなく、元気でよかったと言うみちるに、胸がちくりと痛んだ。

もともと華奢《きゃしゃ》なのに、心労のあまりにさらに痩《や》せてしまったみちるを、自分たちは騙《だま》している。

だが、それを言うなら、もうずっと騙している。

自分たちが人狼であることを、親友で幼なじみのみちるに隠し続けてきたのだ。

しかも、この先も一生——友人でいる限りは、偽り続けなければならない。

それを思うと、なんだか心臓がざわざわして、息が苦しくなる。

前はタカが一緒だったから、罪の意識も半分だった。罪悪感をタカと分かち合ってこられた。

でもいまはタカがいない。出産し、三人の赤ん坊の親となったタカが、日本に戻ってきて復学する可能性はほぼ消えた。

たぶん、そのせいだ。

三つ子が生まれた四月頃から、みちるに対する罪の意識が、じわじわと大きくなってきた。

ふたりきりだから逃げ場がなくて、隣を歩く幼なじみを騙している自分を意識せずにいられない。みちるがまた、イノセントで人を疑うことを知らないから……余計に心苦しくて。

日に日にのし掛かってくる罪悪感の重みに耐えかね、夏休みに入ったのをいいことに、連絡を取らなくなった。こっちからメッセージを送らなければ、みちるからは来ない。そういう性格なのだとわかった上で、あえて接触を断ったのだ。

だけど、もうすぐ夏休みも終わる。

二学期が始まったらまた、みちると一緒の登下校が始まる。

『キヅ……みちるのこと、頼む。俺が英国に来て離れてしまったから、いまのみちるにはおまえしかいないんだ』

電話口のタカの懇願に、もう一度、心臓が不穏《ふおん》に跳ねた。

みちると過ごす時間を息苦しく感じている――心の奥底を見透かされたような気がして。

『みちるは、自分からはこうしたい、ああしたいって言えないから……キヅのほうから歩み寄ってやって欲しい』

「……わかってる」

ぎゅっとスマホを握り締め、低音で答える。

『勝手でごめん』

タカが苦しそうな声で謝ってきた。

『……こんなこと、頼める立場じゃないのはわかっているんだけど』

「気にすんなって」

あえて声のトーンを上げて明るく言い返す。

「俺にとっても、みちるは大事な幼なじみだからさ」

みずからに言い聞かせるように、希月はつぶやいた。

◑神山みちる

外では蟬が死力を尽くすかのように鳴き続け、八月の日差しがアスファルトを容赦なくジリジリと焼いているが、ここはひんやりと涼しい。

「ママ！」

空調の効いた区立図書館のフロアに響いた声に、神山みちるは読んでいた本から視線を上げた。ずるっとずり落ちかけた度の強い眼鏡を中指で押し上げる。レンズが分厚いので、その重みで自然と下がってくるのだ。

「ママ！　アンパンマン！」

「しー、静かにして。はいはい、アンパンマンね」

入館してきた母親と幼い娘が、エントランススペースでやりとりする会話が聞こえた。娘に「大人しくしていること」を約束させた母親が、彼女の手を引いて、絵本コーナーへと向かっていく。

その後ろ姿を見送ってから、ふたたび文字列に目を落とす。けれど一度集中が途切れてしまったせいか、すんなり小説の世界に舞い戻ることはできなかった。

それも仕方がないかもしれない。

夏休みが始まってから、休館日を除いて毎日ここに通ってきている。

朝一番に入館し、お気に入りの窓際の席をキープしたら本を数冊選んで積み上げ、閉館まで居座り続けているのだ。

その間《かん》、昼用に祖母が作って持たせてくれたおにぎりを、休憩スペースでもそもそと食べる以外は、ひたすら本に没頭している。

一日に五、六冊は読破するので、さすがに読みたいものがなくなってきて、いま読んでいる本は再読だった。好きな小説だが、一回目の時ほどは夢中になれない。

諦めて本を閉じ、みちるは窓に視線を向けた。道路に面した窓の外を、定期的に人が横切っていく。夏休みのせいか、親子連れが多い。両親とふたりの子供の四人家族。または父と子。母と子。家族での外出に、子供たちは皆うれしそうだ。お出かけにはしゃぐ甲高《かんだか》い声が、窓ガラス越しにも聞こえてくる。

自分は読書に飽きたからといって、どこかに行くあてもない。

物心つく前に父親を、十歳で母親を亡くした。きょうだいもいないひとりっ子。だから、家族と呼べるのは、母方の祖父母だけだ。しかしふたりは高齢なので、一緒に出かけることはほとんどない。

人づきあいが苦手なみちるには、友人と呼べる存在も、ごくごく少数しかいない。

祖母は「プールにでも行ってきたら？」と言うけれど、まともに泳げない自分が区民プールに行ったところで、肌が赤くなってひりひり痛いだけ。

例年、夏休みは、賀門家の双子・峻仁と希月と過ごすのが決まりだった。

一緒に花火をしたり、夏祭りに行ったり、双子の父親がキャンプに連れていってくれたりしたおかげで、こんな自分でも夏の思い出を作ることができた。

でも、今年の夏休みは違う——。

双子の片割れの峻仁が、ある日突然いなくなったのは、今年の頭のことだった。

なんの前触れもなく、まさしく忽然と消えたのだ。

誘拐か、事故か、自主的な失踪か。

情報も得られず、所在が摑めなかった期間は、身が細るほど気を揉《も》んだ。

もし峻仁が人知れず大けがをして、いまにも命が尽きようとしているのだとしたら……。

想像したら心臓がドキドキして夜も眠れなかったし、ただでさえ旺盛《おうせい》とはいえない食欲ががくっと落ち、祖父母に心配されるほど痩せてしまった。

体重が減ったのと睡眠不足で、歩くとふらふらしたが、家にじっとしていることはどうしてもできなくて、希月と一緒に峻仁を捜し回った。子供の頃からよく三人で立ち寄った場所を、何巡したかわからない。

あの時期、みちるも辛かったが、肉親の希月はもっと辛かったはずだ。

屈託のない笑顔がトレードマークだったのに、日を追って本来の明るさは鳴りをひそめ、思い詰めた表情をするようになっていった。あの頃の希月は、焦燥《しょうそう》と苛立ちに支配されていた。

その後、峻仁の居場所がわかり、無事が確認できたあとも、希月の天真爛漫《てんしんらんまん》な笑顔は戻らなかった。

——タカは英国のコッツウォルズで見つかって、そのまま向こうに留学することになった。

英国から帰国した希月から、やや強ばった顔で、そう説明を受けた。

事件性はなく、自主的な家出だったと聞かされても、なんだかぴんと来なかった。

峻仁とは、いなくなる直前まで一緒にいたけれど、家出をするほど追い詰められているようには見えなかった。

峻仁は子供の頃からいつだって冷静で、芯が強く、毅然《きぜん》としていた。常にビクビクと周囲の動向を窺《うかが》っている自分が恥ずかしくなるくらい、凛として、ブレがなくて。

それに、いくらストレスやプレッシャーがあったからといって、思慮深い峻仁が、みんなに迷惑をかけるような軽はずみな行動を取るだろうか。

よく知っている幼なじみの性格と、伝え聞く衝動的な行動に齟齬《そご》を感じてしまう。

とはいえ、それらの疑惑を希月にぶつけることはできなかった。

このまま峻仁が英国留学することになれば、あれだけ仲のよかった双子は、海を隔てて離ればなれになる。みちるから見ても、双子の精神的な結びつきは強固で、ふたりでひとつみたいなところがあった。

自分も寂しいけれど、片割れを失う希月の比じゃない。

あんなに血眼で捜していたのだ。この結果に、きっと希月だって、いろいろ思うところがあるはず。それでも、複雑な感情を呑み込んで、弟の希望を優先しようとしているのだ。

希月の気持ちを思えば、自分はなにも言えない。

だから、「……元気でよかった」とだけ言った。

それに、なによりも、峻仁が生きて元気でいることが一番大事だ。

元気で生きてさえいれば、いつの日か会える。いまはなんらかの公《おおやけ》にできない事情があるのかもしれないけれど、いつか時が来れば、本当のことを話してくれるかもしれない。

そう自分に言い聞かせ、なんとか峻仁がいない日常を平常心で過ごすように努めた。

もちろん寂しかったし、いつも隣にいた親友がいない喪失感は大きかった。そういう時は峻仁にメールをした。希月から、新しいメールアドレスを教わったのだ。

初めてのメールで、峻仁はまず【心配かけて本当にごめん】と謝り、【いろいろあったけれど、いまはこっちで幸せにやっています】と書いてきた。

文面を読んで、つい泣いてしまった。

峻仁はいつも自分を守ってくれた。自分が転ぶ前に先回りして、手を差し伸べてくれた。

その峻仁が幸せなら、それでいい。

せっかく幸せに暮らしている峻仁に心配をかけないように、メールには当たり障《さわ》りのないことを書いた。読んだ本の感想や、オンデマンドで観た映画の感想。峻仁も、英国での生活について、異国ならではのエピソードを交えて書き送ってくる。詳細な描写から、自分は行ったことのない英国の地を想像するだけで楽しかった。

峻仁とのメールのやりとりに励まされているうちに春が来て、みちると希月は進級した。

ふたりとも、進学コースの成績上位三十名が所属する「特進クラス」なので、二年になってもクラスは同じだ。

峻仁がいなくなる前は、三人で登校していた。三人での登下校は、みちるが東京に引っ越してきた小学四年生の頃から、小・中・高と続いている習慣だ。転校してきた初日に当時の担任が、たまたま家が近かった双子に「一緒に帰ってあげて」と頼んだことに端《たん》を発《はっ》している。

ただし高校に進学してからは、希月がバスケ部に入って放課後は部活に出るようになったため、峻仁とふたりで下校していた。

峻仁の失踪騒ぎが起こり、英国留学が決まってからは、希月が毎朝みちるの家まで迎えに来るようになった。

これは、以前はなかった習慣だ。前は通学路で双子と合流して登校していた。

峻仁を捜すために希月がバスケ部を休部したので、いまは下校時も一緒だ。その下校も、希月はみちるを家の前まで送ってから、自宅に戻っていく。

「家まではいいよ」

女の子でもないのに。

そう思って遠慮したが、希月は「どうせ近いから」と言い張り、送り迎えをやめようとしなかった。もしかしたら、峻仁になにか言われているのかもしれない。

自分が抜けたぶんも手厚く見守って欲しいとか、みちるは不器用だからフォローしてやってくれとか。

峻仁は思いやり深いから、自分を案じて、希月にそう頼み込んだ可能性は高い。

やんちゃで荒っぽく見えて、根がやさしい希月は、弟の頼みを断れなかったんだろう。

おそらく双子の申し合わせの結果と思われる——希月とふたりでの登下校だが、自分たちはあまりにバランスが悪く、並んで歩いた際の違和感がすごかった。

身長百八十四センチで手足が長く八頭身の希月と、百六十五センチな上に猫背な自分。

薄茶色の瞳と緩やかにウェーブのかかった栗色の髪がトレードマークの学校一のモテ男子と、

もっさりとした黒髪にダサい眼鏡の印象しかないひ弱なチビ。

みんなから陰で「釣り合ってない。ビジュアルとして許せない」と言われているのも知っている。たまに聞こえよがしに言われることがあって、知りたくなくても耳に入ってきてしまう。

ただ、これに関しては、小学校からずっと言われ続けているので慣れっこになっている部分もあった。

みちるが生まれ育った場所は、地方の山奥の、同じ年頃の子供が自分だけしかいないような過疎《かそ》の村だった。近くに学校がなかったので、遠距離通学で町の小学校に通ったが、クラスメイトの話題についていけず、転校するまでクラスに馴染《なじ》めなかった。教室でひとりぼっちで過ごした三年のあいだに、もともと内向的な性格に拍車がかかり、いよいよもって引っ込み思案になった。

唯一の理解者で話し相手でもあった母の死に伴《ともな》い、東京に転校してからも、「暗い」「なにを考えているのかわからない」「キモい」などと陰口を叩かれ続けた。面と向かって言われなかったのは、双子という守護神がいたからだ。彼らがいなかったら、自分は間違いなく、いじめの対象になっていただろう。

そもそもこんな自分が、人気者の双子と友達であることが、イレギュラーなのはわかっている。

でも、峻仁もいて三人が揃っていた頃は、いまほどバッシングがひどくなかった気がする。

いまはふたりなので悪目立ちしてしまい、希月ファンの女子に目の敵《かたき》にされているのだ。

キヅくんが彼女を作らないのは、ダサ眼鏡のせい。

タカくんが留学してしまったいま、キヅくんまで彼女を作ったら、ダサ眼鏡はひとりぼっちになるから。

キヅくんはやさしいから、コミュ障の幼なじみがぼっちになるのを可哀想《かわいそう》に思って告白を断り続けている——というのがファンのあいだで通説になっているようだ。

自分の存在を邪魔に思う、希月ファンによる嫌がらせもしょっちゅうある。

峻仁の行方がわからなくなったあたりから、希月は以前にはなかった物憂《ものう》げな気配を纏うようになった。前は明るさとやんちゃが持ち味の、スポーツ万能男子として人気があったが、陰りを帯びた表情をするようになったことで、雰囲気がぐっと大人びた。

そのため、タカ派がキヅ派に対して自分たちの優位性を主張する際の決まり文句である「キヅはガキっぽい」が当てはまらなくなった。

すると、峻仁の留学で気持ちの持っていき場を失っていたタカ派女子が、雪崩《なだれ》を打ってキヅに鞍替《くらが》えした。いまやその人気は学園の枠を越えて他校にまで広まり、登下校中にあちこちから突き刺さる視線が痛いほどだ。

当の希月が、それを自覚しているのかどうかはわからないが、みちる自身は居たたまれない日々が続いていた。

邪魔者を見るような、みんなの白い目。

下駄箱を開けたら手紙が入っていたことも一度や二度じゃない。手紙といっても、希月と違ってラブレターではなく、嫌がらせの手紙だ。苛立ちをぶつけるような乱暴な文字で、【ばか。しね】などと書き殴ってある。

キヅくんはやさしいから言えないんだよ。自分から離れなよ。それがキヅくんのためだってわかんないの？

読まなくても想像がつく。文面はだいたい同じだ。ただ差出人が違うだけ。

中学の時も、ちょっと不良っぽいタカファンの上級生の女子に怒鳴りつけられたことがあった。

――はっきり言って邪魔なんだよ！

――……双子から離れなよ！　あんたから離れなよ！

面と向かって罵倒《ばとう》され、胸を手で小突かれた。ヒステリックな恫喝《どうかつ》に、それでも首を横に振り続けた。

それはできない。釣り合わないとわかっているけど、離れたくない。

拒み続けた結果、みちるの態度に苛立った上級生女子と、彼女の不良仲間に、閉鎖された町工場に閉じ込められた。

そのピンチを救ってくれたのも双子だった。どうやって捜しあてたのかはいまだに謎だが、みちるの居場所を突き止め、工場から救出してくれたのだ。

……あれから、ちっとも状況が改善していない。自分が変わっていないからだ。

日々努力をして、少しでも希月と釣り合う人間になっていたのなら、ここまで叩かれずに済んだのかもしれない。でも、自分は変わることができなかった。

不甲斐《ふがい》ない思いを噛み締め、希月に覚《さと》られないように、下駄箱から手紙をさっと取り出してスクールバッグにしまう。

希月には知られたくなかった。こういう手紙が自分に来ていると知ったら、性根がまっすぐな希月はきっと憤慨《ふんがい》する。差出人を捜し出して「もうこんなことはするな」と注意しようとするだろう。

そうなったら、相手はショックを受けて泣いてしまうかもしれない。結果、連帯感の強い女子がいっせいに希月バッシングに転じる可能性もゼロじゃない。

自分のせいで、希月が窮地《きゅうち》に立たされるのは困る。

ただでさえ足手纏《まと》いなのに、これ以上負担をかけたくない。

図書館の窓から視線を転じたみちるは、閉じた本の上の自分の手を見た。指先のまるみに沿ってうまく切ることができず、ガタガタの爪が、おのれの不器用さの象徴のようだ。

覚えず、ふーっとため息が漏れる。

(……本当は)

本当は「自分のことはもう気にしなくていいから」と希月に言いたい。

バスケ部に戻り、またエースになって活躍して欲しい。

放課後も、部活の仲間とわいわい楽しく過ごして欲しい。

自分のお守《も》り役なんていう厄介な荷は下ろして、昔の明るかった希月に——太陽みたいな笑顔の希月に戻って欲しい。

峻仁と同様に、希月にも幸せでいて欲しい。

だけど、それを願う気持ちと同じくらい、ひとりぼっちになってしまうのが怖い。

峻仁に去られ、希月にまで見捨てられたら……その可能性を思うと黒い不安が押し寄せてきて、あっという間に呑み込まれる。

峻仁の英国留学後、初めての夏休み——学校が休みに入って登下校がなくなってしまうと、希月とはなんとなく疎遠になった。

みちるは賀門家の前を通りかかる都度《つど》、足を止めて、希月の部屋の窓を見上げた。

どうしているんだろう。近所でもまったく見かけないけれど、元気なんだろうか。

顔を見たい衝動に駆られたが、玄関のブザーを押す勇気は持てずに、その場を離れた。

かといってメッセージを送るのも憚《はばか》られる。用もないのにメッセージを送って、うざいやつと思われるのが怖かった。

幼なじみにそこまで気を遣うのはおかしいのかもしれないけれど、峻仁がいなくなったことで、自分と希月のあいだにいた彼の存在の大きさに、改めて気づかされた。

自分たちは、三人だからこそ、バランスが取れていたのだと気づいた。

出会った時から三人で、ずっと三人で行動していたから、峻仁がいないと、希月との適切な距離感がわからなくなる。

前はどうだったっけ？　どんなふうに話していたっけ？

以前と比べて明らかに口数が減った希月とのあいだに、沈黙が積み重なるにつれて、気まずさも積み上がっていく。

希月だって、息苦しいと思っているんじゃないか。内心では負担なんじゃないか。

考えるほどに、話しかけられなくなって……。

それでもやっぱり、ひとりになるのは怖い。

夏休みのあいだ、祖父母以外の誰ともほぼ会話せずにいたせいで、余計に〝ぼっち〟に対する恐怖心が募ってしまった。一ヶ月半でも辛かったのに、これがこの先ずっと続くかと思ったら、絶望で目の前が暗くなる。

だけど、それもこれも全部自分のせいだ。自分が孤独なのは、自分のせい。

双子の存在に甘えて、彼らの陰に隠れて、自分の駄目な性格を放置してきたせい。

幼なじみだからといって、希月をコミュ障気味の自分につきあわせるのは間違っている。

幼なじみ特権を自分から手放せず、「もういいから」と切り出せないおのれのずるさに、嫌悪感が込み上げる。

結局、また甘えている……。

なんて矮小《わいしょう》で醜《みにく》いんだ。見た目と同じ。チビで貧弱な外見だけじゃなく、心まで醜い。

弱くてちっぽけで……こんな自分に希月を独占する権利なんてないのに。

ここ最近、気がつくと同じことをぐるぐる考えていて、最終的には自己嫌悪にどっぷり浸って終わる。堂々巡りなのにやめられない。

早く夏休みが終わって欲しい。

新学期が来るのが怖い。

相反《あいはん》するふたつの気持ちが、心のなかで振り子のように揺れる。心臓がドキドキして、胸がざわざわして、息が苦しい。

希月に会いたい。

会いたくない。

心が真っぷたつに引き裂かれそうで、みちるは関節が白くなるほどに、ぎゅっと強く手を握り締めた。

もうすぐ夏休みが終わる——。

2

◐賀門希月

時々、神宮寺本家に顔を出す以外はろくに外出もせず、ほとんど家に引きこもっているうちに八月が終わった。

今日から新学期が始まる。

仕掛けておいたスマホのアラームで起きられなかった希月は、五分ごとのスヌーズの二回目でなんとか起きた。この時点で十分の遅れだ。

まだ半分寝ぼけた頭と体で一階に降り、洗面所で顔を洗う。流水でざぶざぶすすぎ、水栓を閉めながら、もう片方の手でタオルを探した。ホルダーから抜き取ったタオルで水気をざっくり拭き取り、正面の鏡を見る。

鏡に映っている自分と目が合った。夏のあいだは生きる屍《しかばね》状態だったので、自分の顔をまともに見るのもひさしぶりだ。

「…………」

十七年間見続けて、見飽きた顔のはずなのに、なんだか自分じゃないような違和感を覚える。

ほどなくして理由に気がついた。

(……そっか。髪が伸びたからか)

切りに行かなきゃと思いつつ、重い腰が上がらないままに新学期を迎えてしまった。

「ま、いっか。髪が長くたって死にゃしない」

ぼそりとひとりごちる。

高校に入ってバスケ部に入部したのもあり、割と短めにしていたが、休部したいま、短髪をキープする必要はなくなっていた。幸い、生まれつき軽い癖毛なので、手ぐしで整えればそれなりにまとまって見える。

(そういえば部活、休部にしたまんまだ)

タカが行方不明になった時に、部活どころじゃなくなって「一身上の都合」で休部扱いにしてもらった。監督には「待っているからいつでも戻ってこい」と言ってもらえているし、もうタカの件は片がついたので、戻ろうと思えばいつだって戻れるのだが……。

なんとなくそんな気分になれなくて、結局、復部していない。

あれだけ夢中だったのに、ブランクのあいだにバスケに対する情熱が薄れてしまったようだ。

人狼の自分が、高校の部活動で本気を出したらマズいことになるので、持てる力をセーブしていたのは事実。うっかり超人級のダンクシュートなどを決めて、注目を集めるのはタブーだ。それもあって、力のコントロールが不安定だった中学時代は部活動を許されなかった。

慎重なタカは、高校になって、本家からお許しが出ても部活動をしなかった。バスケ部に入った自分に対しても「なんで？　本気出せないのに意味ないだろ？」と訊《き》いてきた。

それに対して自分は確か「みんなでバスケをやるのが楽しいから」と答えたはずだ。

実際に当時は、単純に体を動かすのが楽しかった。部活のあとで、部活仲間とコンビニに寄ったり、たまにカラオケに行ったりして騒ぐのも楽しかった。

中学の頃からずっと運動部に入りたかったから、やっと一族の長たる祖父から許可が下りて、夢が叶ったのがうれしくて。

なのにタカの件を機に、まるで魔法が解けたみたいに、バスケに対する情熱が自分のなかから消えてしまった……。

「キヅ」

後ろから名前を呼ばれて、びくっと震える。鏡に、ランドリー籠《かご》を抱えた母が映っていた。

母といっても、十代で自分たち双子を産んでいるのでまだ三十代半ばだ。しかも人狼の血の為《な》せる業《わざ》か、加齢が外見に表れないので、少し年の離れた兄にしか見えない。

自分とタカにとっては自分たちを産んだ母親だけど、世間一般から見たら、いま流行の〝しゅっとしたイケメン〟かもしれない。実際、母を見たクラスメイトに「お兄さん、俳優かなにかやってるの？」と訊かれたことがあった。

そのイケメンな母が、眉をひそめて、鏡越しに希月を睨《にら》む。

「なにぼーっとしてるんだ。今日から学校だろ？」

「あ、うん」

「朝ごはんできてるよ。早く食べて」

急《せ》かされた希月は、「はいはい」と返事をして、ダイニングキッチンへ向かった。ダイニングテーブルには、すでに父が座って新聞を読んでいた。

「父さん、おはよう」

向かいの席の椅子を引きながら声をかけると、新聞を畳んでテーブルに置き、「キヅ、おはよう」と返してくる。少し長めの髪に顎髭《あごひげ》という風貌は、個人トレーダーという自由業ならではだろう。

成長期の自分よりまだ背が高くて、体もひと回り逞《たくま》しく、「精悍《せいかん》な男前」という形容詞がぴったりの父は、希月の憧《あこが》れだ。

包容力に溢《あふ》れていてタフで——いつか自分もこうなりたいという、理想の父親像を体現したような存在。タカも同じように思っていたと思う。現実には、タカは父親ではなく母親になってしまったけれど……。

父は人間だが、自分たちが生まれる前、極道組織の組長をやっていたせいか、人並み以上に肝《きも》が据わっている。

なにしろ人狼の母と〝つがい〟になって、女性化した母が産んだ自分とタカを育て上げたのだ。普通の人間の双子だって大変だと思うのに、人狼の双子だ。その苦労は並大抵ではなかったはず。

でも記憶のなかの父は、いつもおおらかに笑っている。いたずらややんちゃをして叱られたこともあったけれど、こちらが謝れば「二度とするなよ？」と言い聞かせて、頭を撫でてくれた。

「今日から学校なんだろう？」

父の問いかけに、「うん」とうなずく。

「なんだ？　浮かない顔して」

どうやら無意識に顔が曇っていたらしい。実のところ、朝起きた瞬間から、今日から新学期だと思うと気が重かった。

「休みボケだろ？　夏休みのあいだ、ずーっとダラダラしていたから」

洗濯機を回して戻ってきた母が、ちくりと嫌みを言う。

基本的にやさしい母だが、このところの自分の生活態度にはご立腹のようだ。

母が怒るのも無理はない。いくら暑さに弱いといっても、この夏の自堕落ぶりは我ながらひどかった。自室にこもって寝ているか、スマホでゲームをしているか、タブレットで動画を観ているか。母に何度「いい加減にしろ！」とキレられたかわからない。

そもそも、暑さに弱いのは母だって同じだ。なのに母はちゃんと家事をこなし、父の仕事の手伝いをして、残った時間で父と出かけたりもしている。母の前では、人狼だからというのは言い訳にならない。

（わかってる）

いまの自分がダメダメなのは、自覚がある。

わかっていても、どうしようもないのだ。とにかくだるいし、なにもやる気が起きない。晩夏になって朝晩の気温が下がったら、少しはマシになるかと期待していたが、いまのところ復調の気配なし。

「迅人、そうカッカするな。調子が出ない時もあるさ。特に成長期はホルモンバランスの関係で、心身ともに好不調の振り幅が大きい。俺もキヅくらいの時は年中だるかった」

父がフォローしてくれたが、母の怒りは収まらなかった。

「もう、そうやって士朗が甘やかすから……。こんな調子で、俺たちがいないあいだ、ひとりでちゃんと生活できるのか？」

母が言っている「俺たちがいないあいだ」というのは、再来週に予定されている両親の英国旅行の件だ。

タカから送られてくる三つ子の写真や動画ではもはや満足できなくなり、ふたりはついに英国に行くことを決めた。一番かわいい時期の赤ん坊を抱くチャンスを逃してなるものか！　というわけだ。

タカはもちろん、アーサーもユージンも大歓迎で、一日も早く三つ子に会って欲しいと両親の訪英を心待ちにしている――らしい。

【キヅも一緒に来られたらいいのに】

この前のメールにタカがそう書いてきたが、自分には学校がある。いや、たとえ学校がなかったとしても、一緒に行くつもりはなかった。

まだ、甥っ子たちに会う心の準備ができていない。

でも、両親が孫を抱きたい気持ちはよくわかるので、「俺は大丈夫だから行ってきなよ」と背中を押した。

「できるよ。一週間くらいひとりでもやれるって」

「本当に？　ちゃんと食事作れるか？　おかずとご飯は冷凍していくけど、味噌汁は作り置きしていけないからさ」

焼き上がったトーストにバターを塗りつつ、母が確かめてきた。一週間も家を空けるのは初めてなので不安らしい。

「作る、作る。大丈夫だって」

たぶん作らないけど、母の憂慮《ゆうりょ》を払うために口ではそう言った。いざとなれば外食すればいいし、近くにコンビニもある。

「だから俺のことは気にしないで、ふたりで楽しんできてよ。コッツウォルズって、確か新婚時代に住んでた場所なんだろ？　いろいろ懐かしいんじゃない？」

父と母は、出会った頃は敵対する組に所属する間柄《あいだがら》で、同性同士であったのもあり、〝つがい〟とはいえ、許されざる関係だった。引き離され、本家に軟禁されていた母は、それでもどうしても父が忘れられず——神宮寺の家を抜け出して父と駆け落ちしたのだ。

駆け落ち後、ヨーロッパとアジア各国を旅して回っていた若き日のふたりが、定住の地として選んだのが英国のコッツウォルズで、そこに暮らす人狼一族ゴスフォードの襲撃から、【イヴ】である母を守るために、父は応戦したらしい。その際に、ゴスフォード側の血が流れたという話だ。

十七年の時を経《へ》て、敵同士だったゴスフォードの頭領《アルファ》アーサーと父の息子であるタカが結ばれ、ふたりのあいだに、ふたつの一族の懸《か》け橋となる三つ子が生まれたのだから、不思議な縁としか言いようがない。

「うん……おとぎ話に出てきそうなきれいな場所で、住むならここがいいって士朗と……ね?」

「ああ、自然が豊かで、静かで、抜群《ばつぐん》の環境でな」

「いまでも時々、あの家で暮らした日々の夢を見る。蜂蜜《はちみつ》色の石を積み上げた壁に煉瓦《れんが》敷きの切妻屋根《きりづまやね》の小さな家。家のすぐ後ろが森で、細い小川が流れていて、古びた石橋が架かっていて」

「近くに教会があって、鐘の音が澄み切った空気を震わせていたな」

「そうそう、カーン、カーンって胸に染み入る音が聞こえた。家のなかには暖炉《だんろ》があって、その前のソファで過ごす時間が好きだった」

うっとりと思い出に浸る母を、父がやさしい眼差《まなざ》しで見つめる。母もそれに気がついて、父を見つめ返す。絡み合う視線。

（来た！）

このモードに入ったふたりは、自分たち以外の存在が見えなくなって、人目を憚らずいちゃいちゃし始めるのだ。

一般の家庭がどうなのか知らないが、賀門家に限っては、子供が高校生になっても両親はまだ熱々だ。しょっちゅう手を繋いでいるし、そうでなくてもどこかは体を触れ合わせている。

これはもしかしたら〝つがい〟だからなのかもしれない。

本家に住む峻王叔父と、その〝つがい〟の立花も、伴侶として長く連れ添っているが、いまもとても仲がいい。とりわけ叔父が立花に向ける眼差しは熱烈で、外野のこっちが恥ずかしくなってしまうほどだ。

どんなに一緒にいる時間が長くなっても、お互いを恋い慕う気持ちが冷めることはない。

それが〝つがい〟というものなんだろうか。

（……自分にはまだわからない）

いずれにせよ、朝っぱらから当てられてはたまらないと思った希月は、「あっ、やべ！」と声をあげた。

「もう支度しないと間に合わない！」

紅茶を一口啜《すす》って立ち上がる。トーストを口に咥《くわ》えて、希月はダイニングキッチンから飛び出した。廊下でトーストを平らげ、急いで歯を磨《みが》いて二階に駆け上がり、寝間着代わりのTシャツとジャージを脱いで制服に着替える。母がクリーニングに出しておいてくれた詰め襟の制服は、一ヶ月半ぶりに袖を通してみると、胸回りが少しきつかった。

特にこれといった運動もしていないのに、また胸囲が大きくなったらしい。下衣も裾が若干短く感じる。

直しに出したほうがいいのかもしれないが、とりあえず、今日はこれで間に合わせるしかない。スクールバッグをひっ摑んで階段を駆け下り、玄関で靴を履いていると、母が見送りに来た。

「ほら、お弁当」

ランチバッグに入った弁当を受け取り、「サンキュ」と礼を言う。スクールバッグのファスナーを開けて、弁当を入れた。

「忘れ物ない？」

「ないない」

「本当か？　キヅは忘れ物大王だからなあ」

「いつの話だよ。じゃ、行ってきます」

「行ってらっしゃい」

手を振る母に応《こた》えて玄関から出る。一歩外に足を踏み出したとたんに、「はー……」とため息が漏れた。登校前からなんだか疲れた。

前はタカとふたりで「出た！」「熱いね、ヒューヒュー」などと茶化《ちゃか》し合戦ができたが、いまはひとりなので突っ込むこともできず、熱々オーラを一身に浴びるほか手がないのがキツい。

朝からぐったりした上に、これからさらに気が進まない案件が控えている。門から道に出た希月は、見慣れた住宅街を歩き始めた。小学校時代から、何度行き来したかわからない道順を重い足取りで辿る。

とりわけ、建前としてのタカの留学が決まってからは、休日を除いて毎日往復したルートだ。タカに「頼む」と言われていたのもあるし、希月自身、心の深い部分にダメージを負っているであろう幼なじみが心配だったせいもある。

ただし、夏休みのあいだは一度もこの道を使わなかった。たまに外に出る際も、無意識に避けていた。いや、故意だったかもしれない……。

いずれにせよ、迎えに行くのは一ヶ月半ぶりだ。

目的地に近づくにつれて、どんどん足が重くなる。ペースが落ちたといっても、もともとが五分ほどの距離なので、間もなく着いてしまった。

このあたりは御屋敷《おやしき》町と評されるだけあって、日本家屋が多い。目的の家も、近隣の家並みの例に漏れず、年季の入った日本家屋だった。瓦葺《かわらぶ》き屋根に白壁、苔《こけ》むした石垣、風雨に晒《さら》されて黒ずんだ木の門。門柱には『池沢《いけざわ》』と墨文字で書かれた表札が打ちつけられている。

『池沢』というのは、みちるの祖父の名字だ。みちるのお祖父さんは元国立大学の教授で、退職してからは、本を読んだり、碁《ご》を打ったりして、静かに暮らしているらしい。女手ひとつでみちるを育てた母の死後、みちるは唯一の肉親である母方の祖父母に引き取られたのだ。

木の門を前にして、希月は逡巡《しゅんじゅん》した。

一ヶ月半、まったく連絡をしなかったので、顔を合わせるのがなんとなく気まずい。みちるはたぶん、なんでメッセージのひとつも寄越《よこ》さないのかと疑問を抱いていたはずだ。だからといって、向こうから連絡できる性格じゃない。わかっていたのに、こっちからはアプローチしなかった。

——キヅ……みちるのこと、頼む。俺が英国に来て離れてしまったから、いまのみちるにはおまえしかいないんだ。

電話口のタカの声が蘇《よみがえ》る。

——みちるは、自分からはこうしたい、ああしたいって言えないから……キヅのほうから歩み寄ってやって欲しい。

タカに頼み込まれて、「わかってる」って答えたくせに、電話のあとも結局、みちるに連絡しなかった。

(せめて昨日、メッセージ送っときゃよかった)

明日から新学期だな、またよろしく——くらいの、当たり障りのないメッセージを送っておけば、気まずさを多少は緩和《かんわ》できたのに。

ここまで来てそんなことを思っても遅い。後の祭りだ。

ため息を噛み殺し、腹をくくって木の門を押した。閂《かんぬき》はかかっておらず、真ん中から開く。敷地内の前庭に足を踏み入れた時、ちょうど母屋《おもや》の玄関の引き戸が開き、なかから詰め襟の学生服を着た小柄な少年が出てきた。正確にはもう青年と言っていい年齢なのだが、小さくて細いので、実年齢より幼く見える。

高一の春にお祖母さんが成長を見込んで大きめに注文したという学生服は、いまでも若干サイズ感が微妙だ。丈は詰め直したらしくフィットしているが、タカの件で痩せてしまったので、詰め襟の横幅は余り気味だった。

小さな顔の上半分は、長めの前髪と眼鏡に覆われている。ひさしぶりに見て、今更だが、なぜそのフレームを選んだのかという疑問が湧いた。どう考えても顔の輪郭《りんかく》に対してフレームが大きすぎる。フレーム自体も、セルやステンレスなどオシャレ眼鏡が主流の昨今、あまり見かけないデザインだ。

もっさりした髪型も、だぶついた制服も、野暮《やぼ》ったい眼鏡も最後に見た時のまんまで、一ヶ月半ぶりに会った幼なじみは、まったく変わっていなかった。

「希月くん」

みちるの後ろから顔を出したお祖母さんが、声をかけてくる。その声で、みちるは前庭に立つ自分に気がついたらしい。びくっと肩を揺らす。

「迎えに来てくれたの?」

皺《しわ》深い顔をさらにくしゃっと崩したお祖母さんに、希月は軽く頭を下げた。

「おはようございます」

「悪いわね。あら、しばらく顔を見ないうちに、また背が伸びた？」

「計ってないんでわからないんですけど、そうかもしれないです」

「いいわねえ。みちるはちっとも変わらなくて……」

お祖母さんがため息混じりに零《こぼ》す。みちるは気まずそうに俯いていた。

「そういえば、今年の夏休みはアルバイトでもしていたの？」

お祖母さんの何気ない問いかけに、顔がひくっと引き攣りそうになる。去年までは三人でよく出かけていたのに、今年はまったく顔を出さなかったのだから不思議に思われても仕方がない。

「あ……いえ、ちょっといろいろあってバタバタしていて」

言葉を濁したら、「そう。峻仁くんも留学しちゃったし、だんだん寂しくなるわね」とつぶやいた。やがて気を取り直したように笑顔を作り、「そろそろ行かないと遅刻しちゃうわね。行ってらっしゃい」と、みちるの背中を押す。

黙って近寄ってきたみちると門の外に出ると、道路まで見送りに出てきたお祖母さんが小さく手を振った。

「ふたりとも気をつけてね」

「行ってきます」

並んでしばらく歩いたところで、みちるが不意に足を止めた。希月もつられて立ち止まる。俯いたまま黙っているみちるに「なに？」と訊いた。

じわじわと顔を上げたみちるが、じっとこちらを見る。分厚いレンズ越しに、まっすぐな視線を感じた。

「なんだよ？」

夏休みに連絡しなかったことを責められているように感じた希月は、ばつの悪さも手伝い、ぞんざいに訊き返す。するとみちるはぱちぱちと瞬きをして、やっと口を開いた。

「髪……伸びたね」

違った。責めているわけじゃなかった。

（当たり前だ）

みちるがそんなやつじゃないのは、自分が一番よくわかっているのに。

みちるは、誰がなにをしても、それを悪く取ったりしない。自分と違って、心が白いから。

自己嫌悪で歪《ゆが》んだ顔を見られたくなくて、前髪を引っ張る素振りで誤魔化した。

「めんどーで切りに行ってないから」

「雰囲気、変わった」

ぼそりとみちるがつぶやく。

「そうか？」

「うん」

うなずいて、また下を向いた。

「………」

沈黙が続く。重苦しい空気を持て余した希月は、「夏休み、どうしてた？」と話を振った。

「図書館で過ごしていた」

図書館。みちるらしい選択だ。家でダラダラして母親を苛つかせていた自分よりは数段上等な過ごし方だろう。

「……キヅは？」

聞き返されて、「俺？　家にいた」と答える。

「ずっと？」

「ほぼほぼ」

一瞬、みちるはなにか言いたげな表情をした。バタバタしていたんじゃなかったのかと、その顔に書いてあるような気がしたが、スルーしていると、ほどなくして「……そうなんだ」と相槌《あいづち》を打った。

そこで会話が途切れる。なにか話題はないかと頭を巡らせたが、それ以上の会話の糸口は見つからない。

一ヶ月半のブランクを経て、新学期になっても、幼なじみとのあいだに横たわる微妙な距離感は変わらなかった。

本来なら、そこにタカがいるはずの空間の分、距離を詰められず、かといって完全に離れることもできずに——。

不意に息苦しさを覚え、喉元に手を伸ばす。襟のフックを外した希月は、顎をしゃくってみちるを促《うなが》した。

「行こうぜ。遅刻する」


九月の後半、両親は予定どおり、三つ子の顔を見に英国へ飛び、一週間後、無事に帰国した。英国滞在中、両親はコッツウォルズの『ゴスフォード・ハウス』に泊まり、タカたちもその一週間はゴスフォードの本邸である館で共に過ごしたようだ。

両親は希月に土産として、コッツウォルド・ハニーを買ってきてくれた。コッツウォルズで穫れる無添加の蜂蜜で、ビタミンやミネラルなどの栄養源が豊富に含まれ、免疫を高める花粉も入っているらしい。ほかにも、ユージンから手作りのジャム、アーサーから王室御用達《ごようたし》ブランドの紅茶、タカからショートブレッドを託されたそうで、それらを手渡しながら、母が「みんな、キヅに会いたがっていたよ」と言った。

「次は絶対、キヅも連れてきてってさ」

「あー……」

「次回は、おまえの休みに合わせような？」

「……うーん」

念を押されて、曖昧《あいまい》な返事をする。

いかに三つ子が愛らしかったか、仕種《しぐさ》がかわいらしかったか、三人それぞれの特徴、滞在していた一週間のあいだにも成長が見受けられたこと――などを、父と母に交互に聞かされる日々が始まった。

また、タカがすっかり三つ子の母親らしくなっていたこと、アーサーが息子たちを溺愛《できあい》していて育児にもしっかり参加していること、妖精のようなユージンの存在に癒されたこと、コッツウォルズの自然のすばらしさ――なども繰り返し聞かされた。

一回目は家族の務めとしてそれなりに気合いを入れて聞いたが、二回目、三回目ともなれば、ややうんざりして「それ、もう聞いたし」となってしまう。

反応の薄い息子相手では物足りなくなった両親は、神宮寺本家にタブレットを持参し、祖父や大叔父、叔父、立花に動画を観せて、三つ子の愛らしさを思う存分に語ってきたようだ。神宮寺の面々も動く三つ子に釘付けで、動画データをコピーして欲しいと頼まれたと、父がうれしそうに報告してきた。

その後も、ふたりは暇さえあれば三つ子の動画を眺めている。そしてどうやら育児真っ最中のタカとアーサーを目の当たりにして、自分たちの子育て時代を思い出したらしく、しきりに「あの頃は……ねえ」「大変だったけど楽しかったよなあ」などと言い合っては思い出に浸っている。流れで「本当にキヅはやんちゃでいたずらがひどかった」とか、今更文句まで言われて、とばっちりもいいところだ。

とにかく、実物のインパクトはかなりのものだったようで、ふたりして三つ子にメロメロだ。子供より孫のほうが、責任感が伴わないぶん、手放しでかわいがれるものだと聞いたことがあるけれど……。

あまりに両親が三つ子に夢中なので、こっちは逆に引いてしまう。

直接会っていないせいなんだろうか、どうしても、そこまで甥っ子たちに思い入れられない。

一族をあげてのお祭り騒ぎに、ひとり乗り切れない疎外感と孤独感。

少なくとも、タカは子供を産んだことで両親をこれほどまでに喜ばせているし、三つ子は神宮寺にとってもゴスフォードにとっても、未来への懸け橋となる大事な財産だ。

両親だけじゃなく、祖父も、叔父や立花も、御三家も、三つ子の誕生を喜んでいる。

ゴスフォードとの禍々《まがまが》しい因縁《いんねん》の歴史も、三つ子の誕生によって塗り替えられた。

ゴスフォードと神宮寺は、いまや親戚関係となった。

常に絶滅の危機と隣り合わせの日英の人狼の一族が、血の絆《きずな》で固く結ばれたことは、双方にメリットをもたらす。

誰にとっても歓迎すべき事態で、関係者の誰もが、三つ子の話題になれば自然と顔を綻《ほころ》ばせる。

(手放しで喜べていないのは……俺だけだ)

そう思うと、胸がざわざわする。

タカはそれだけのことをやってのけたのに、一方の自分は家でゴロゴロしていて、母親を「デカイ図体して邪魔!」と苛つかせるのが関の山。以前は家族のなかでムードメーカー的な役割を担《にな》っていたけれど、最近はテンションが上がらず、それすらもさっぱりだ。

タカと比べてなんの役にも立っていない自分に、じわじわと落ち込む。

両親も本家のみんなも、わざわざ口に出しては言わないけれど、役立たずって思っているんじゃないか。

男きょうだいで双子だから、子供の頃からタカが一番身近なライバルだった。だけど、それぞれ性格と得手不得手《えてふえて》が異っていたせいか、タカと自分を比べてコンプレックスを抱いたことはなかった。

生まれつき単純な自分は、なにごとも納得がいくまで熟考して理解するタイプのタカと違って、なにかについて真剣に深く掘り下げて考えてみたこと自体がなかった。

基本、直感と感覚で生きてきた。

昔は小さな悩みや鬱屈《うっくつ》があっても、体を動かせば、だいたい発散できた。一晩寝て起きれば、

「ま、なんとかなるさ」と気持ちを切り替えられた。楽観的でポジティブなのが持ち味で、タカには「キヅのそういうところ、うらやましい」なんて言われていた。

それが今年に入って以降、胸の奥底に濁った澱《おり》のようなものが沈んでいる感じで、気分が晴れない。なにをやってもすっきりとしない。

それと同時に、秋になってから、体の変調を感じるようになった。

人狼である自分たちは、月齢が満ちてくると体内にエネルギーがフル充電され、短い睡眠時間でも活動できるようになるが、このところそれに似た状態が長く続いているのだ。

月の満ち欠けにかかわらず、体の奥に〝熱〟が溜まっている感覚。

いつもならパワーダウンする新月でも、体温が高止まりして心拍も速いまま。

十七年間生きてきて、こんなのは初めてだ。

夏はあんなにだるくて眠かったのに、深夜を過ぎても目が爛々《らんらん》と冴え、ベッドに横になっても眠れない。仕方なく、スマホで動画を観たり、ゲームをしたりして朝まで過ごした。だが次第に、そんなことではやり過ごせなくなってきた。

体が異常に熱いのだ。夜が更けるにつれて体の奥からじわじわ発熱してきて、じっと横になっていられなくなる。

熱のせいか背中がぞわぞわ、尾てい骨《び》がうずうずする。我慢できずに起き上がり、深夜に自室で腕立て伏せや腹筋をしまくった。おかげで二の腕がひと回り太くなり、腹筋がくっきりシックスパックスに割れた。

ワークアウトに励んでも、体のなかに溶鉱炉《ようこうろ》を抱えたような状態はいっこうに改善されず、それどころか日を追ってひどくなっていく。

体の奥で燃え盛る〝熱〟を持て余した希月は、両親が寝静まった深夜、家を抜け出すようになった。深夜の住宅街をうろつくと、パトロール中の警察官に補導されるかもしれないと思い、はじめは近所の川まで行って河原を走っていた。でも、何往復しても〝熱〟は消えない。どうやら筋トレやジョギングで発散できるものではないらしい。

月齢が満ちつつあった——ある夜、いつものように寝静まった自宅を抜け出した希月の足は、気がつくと川とは反対方向に向いていた。その先には最寄り駅があり、駅を取り囲むようにして繁華街が広がっている。

深夜の二時を過ぎているせいか、駅は電気が消えてシャッターが下り、繁華街といえど店はほとんどが閉店していて、人通りもなかった。

明かりが点《つ》いているのは二十四時間営業のネットカフェ、居酒屋、コンビニ、夕方から開店するバーや飲み屋などだ。このうち、未成年の自分が入れるのはネカフェかコンビニ。

(とりあえずコンビニで時間潰すか)

皓々《こうこう》と明るいコンビニへ向かうと、駐車場に四人の男女がたむろしていた。バイクに跨《また》がって煙草を吸っている若い男がふたり。ひとりは金髪で、もうひとりはボウズに近い短髪に鼻ピアス。

地べたに座り込んでいる若い女がふたり。肩までの髪をハーフアップにした女子はアイスを食べており、もうひとりの赤毛はスマホを弄《いじ》っている。四人とも十代に見えた。たぶん、自分と同じくらいの年齢だ。

彼らは髪の色だけでなく、服装も派手でチャラい。一言で言い表すならばヤンキー風。顔つきはふてぶてしく、目つきもよろしくない。最近はあまりわかりやすい不良を見かけなくなっていたが、深夜のコンビニ前にはまだ生息していたようだ。

絡まれるのは面倒だったので、目を合わせないようにして横を通り過ぎる。四人のうち、女子ふたりの視線が追ってくるのを感じつつ、店内に入った。

女性からの纏わりつくような視線は、ここ半年ほどで、たびたび感じるようになっていた。校内はもとより、通学路で、駅で――擦れ違った女性が振り返って、じっと目で追ってくることもある。他校の生徒に待ち伏せされ、声をかけられることもちょくちょくあった。

ずっと彼女がいないせいか、告白される機会も多いが、この半年の告られ率はちょっと異常な気がしている。以前は学校の外で、ここまで頻繁《ひんぱん》にアプローチされることはなかった。

声をかけてくる女性たちのなかには、年齢もかなり年上の大人のひとや外国のひともいる。だけど、どんなに大勢の、いろいろなタイプの女性たちから告白されても、そのうちの誰かと恋愛関係になることは考えられなかった。

自分たち人狼の相手は〝つがい〟に限る。その話は、物心がついた頃から、父と母に聞かされてきた。〝つがい〟じゃない人間と、とりあえずお試し感覚でつきあうことは許されない。特定の誰かと距離を縮めた結果、「秘密」がばれないとも限らないからだ。

子供の時分からみずからを戒《いまし》めてきて、無意識のストッパーがかかっているのか、これまで女子に恋愛的な意味合いで惹《ひ》かれたことはなかった。かわいい系やいわゆる顔立ちが整った美人、色っぽい年上の女性からの告白もあったが、いずれも胸はときめかなかった。

周りの男子はみんな、寄ると触ると異性の話をしている。部活仲間もそうだった。何組の誰がかわいい、誰の胸が大きい、脚がきれい、芸能人なら誰が好みだ……そんな話ばかり。

そういう時は、一応浮かないように話を合わせていたが、心から楽しめたことはなかった。人間として好きならばわかる。けれど、異性だから好きという感覚はわからない。

高校生になっても初恋すら知らず、女性に興味を持てないのは、人狼だからなんだろうか。

それとも、発情期が来ていないからなんだろうか。

母や峻王叔父などの体験者は、〝つがい〟に会えば自然とわかると言っていた。

運命の〝つがい〟からは、特別なにおいがするから。

ほかの誰とも違う、自分にしかわからない——〝におい〟。

いまのところ、そんな〝におい〟がする相手に会ったことがない。電車に乗っていて、たまたま隣に座った誰かから〝におい〟を感じるなんていうドラマティックな出会いもない。

時々、自分は一生このままなんじゃないかと思うことがある。

人狼のなかには、生涯〝つがい〟に出会わない個体だっているはずだ。自分がそうじゃないとは言い切れない。

自分と同様に誰ともつきあわず、女子の告白をクールに断りまくっていたタカは、十六で〝つがい〟と出会った。英国と日本に離れていたのに、運命の導きでちゃんと巡り会った。相手は女性ではなかったけれど、生涯に亘《わた》って添い遂げる相手をしっかり見つけた。

（しかも子供まで三人も作って……）

そこでまた、ずーんと気分が沈む。最近は、ことあるごとにタカと自分を比べて落ち込んでしまう。

「……ダメじゃん」

小声でひとりごちて、ふるっと頭を振った。気を取り直してコンビニの店内をぐるっと回ってみたが、特に心惹かれるものもなかったので、なにも買わずに店を出る。

外に出ると、駐車場にはまださっきの四人の男女がいた。平日のこんな時間まで出歩いていて、明日に差し支えないんだろうか。学生なのか社会人なのかはわからないが、どっちにしても授業や仕事があるだろうに。

（ま、人のことは言えないけどな）

自分に突っ込みを入れながら、道路に向かって歩き出した希月は、「ねえ」と声をかけられて足を止めた。

声のした方角を振り返ると、しゃがんでいた女子のうちのひとりが、ちょうど立ち上がるところだった。食べ終わったアイスのパッケージを地面にポイ捨てして、こっちに歩み寄ってくる。

「初めて見る顔だけど、家、ここらへんなの？」

「…………」

見ず知らずの相手の質問に答えるべきか否か、迷っていたら、もうひとりの赤毛女子が「ちょっと、リサ！」と大きな声を出した。

「抜け駆けずるい！　アタシだってイイって思ってたのに」

「抜け駆けとか、かんけーないし。ねえ、よかったらさあ、カラオケ行かない？」

リサと呼ばれた女子が、安っぽいしなを作って誘いをかけてくる。

「やだ、ちょっとマジずるい！　アタシも！　アタシも行く！」

勝手に盛り上がっているふたりを、希月は困惑の面持ちで眺めた。ついいまさっき横を通り過ぎただけの女子にカラオケに誘われて、のこのこついていくやつがいるのか？

そもそも、ふたりには連れがいる。面目を潰された金髪とボウズが、みるみる凶悪な形相《ぎょうそう》になっていくのを目の端に捉《とら》え、希月はため息を吐いた。……面倒なことになりそうだ。

バイクから降りた金髪とボウズが、大股でリサと赤毛に歩み寄るなり怒声を放つ。

「リサ！　てめえ、ふざけんな！」

「俺らに話通さねーで勝手に誘ってんじゃねーよ！」

「はあ⁉　なんであんたらに話通さなきゃなんないわけ？　カレシでもないのに」

「そうだよ！　アタシらの勝手でしょ⁉」

大声で言い争いを始めた四人に、希月は背を向けた。内輪もめにかかわっていられない。

「おい、待てよ！」

数歩行ったところで、いきなり背後から肩を掴まれた。ぐいっと強く引っ張られ、無理矢理後ろを向かされる。金髪がギラギラした目で睨みつけてきた。

「勝手にフケてんじゃねーよ。俺らのこと舐めてんのか？」

「舐めてないし、俺はあんたたちの名前すら知らない。カラオケに行くつもりもないから」

冷静に返したら、その言い方が気に入らなかったらしい。

「てめえ！」

胸座《むなぐら》を掴まれ、いまにも噛みつきそうな剣幕で威嚇《いかく》される。

「ぶっ殺されてーのか！」

「ちょっと、やめてよ！」

「その子かんけーないじゃん！」

抗議の声をあげる女子ふたりを、ボウズが「うるせー！」と怒鳴りつけた。自分を庇《かば》えば庇うほど、男たちの憤《ふん》怒《ぬ》の炎に燃料を投下してしまうことが、彼女たちにはわからないようだ。

「おまえらは黙ってろ！」

女ふたりをまとめて黙らせた金髪が、至近からの恫喝《どうかつ》に動じない希月を睨みつけ、低く凄んだ。

「顔貸せや」

厄介なことになった。おそらく「顔を貸せ」ば喧嘩《けんか》になる。

(どうする?)

逃げられなくはない。そこそこ本気で走れば、人間のふたりくらい余裕で引き離せるだろう。

頭のなかで理性は、こんなやつらにかかわるだけ損だ、放っておけと常道を説く。

同時にもうひとりの自分が、すごすご逃げ出すのか? 敵に背中を見せるのか? と煽《あお》ってくる。

普段ならば迷わない。面倒事に巻き込まれて「秘密」がばれるような事態に陥《おちい》ることは、極力避けるべきだからだ。この場合、逃げるが勝ちが正解であるのもわかっている。

それでも今夜は、どうしても逃げる気になれなかった。

月齢のせいかもしれない。

「一緒に来い」

逃げられないように両側からがしっと挟み込んできた金髪とボウズに促され、希月は黙って歩き出した。さすがにコンビニの前はマズいと判断したんだろう。駐車場から出て行く三人を、心配そうに見送るリサと赤毛の視線を感じる。

殺気立った男たちと連れ立って、裏路地に移動した。路地に面した飲食店はすべてシャッターが下ろされ、看板の電気も消えている。明かりといえば、外灯がひとつあるだけだ。

薄暗い路地に足を踏み入れるやいなや、金髪が殴りかかってきた。不意を衝《つ》かれ、ガツッと右頬に衝撃を受ける。バランスを崩した体が後ろに吹っ飛んだ。店の前に積まれたゴミ袋のクッションに、ばふっと尻餅《しりもち》をつく。反動でゴミバケツが倒れ、なかから生ゴミが飛び出してきて、デニムの脚が汚れた。口の粘膜が切れたらしく、鉄の味が広がる。

「けっ……ざまーみろ！」

ゴミ袋に埋もれた希月を、金髪とボウズがせせら笑った。

兄弟喧嘩以外の喧嘩は初めてで、流儀がよくわからなかったが、試合と違って「開始」の合図はないものらしい。

「女の手前、かっこつけたんだろーが、どーせガチの喧嘩なんかしたことねーんだろ？　見るからに育ちよさそーだもんな」

「土下座すりゃ許してやるぜ？　お坊ちゃん」

返答の代わりに、希月は血をぺっと吐き出した。そうしているあいだにも急激に口腔《こうこう》内の疵《きず》が塞がっていくのを感じながら、立ち上がる。

「お？　やる気かよ？」

「最近ジム、サボってたからな。肩慣らしにちょうどいい」

ボクシングの覚えがあるらしいボウズが、ファイティングポーズを取ったかと思うと、「フゥッ」と声を発して殴りかかってきた。顔面目がけて飛んできた拳《こぶし》を、希月は上半身のバネを活かしたスウェーで避ける。空振りしたボウズが眉を吊り上げた。

「クソガキがっ」

キレたボウズが金髪に命じる。

「押さえてろ！」

後ろから金髪が腰にしがみついてきて、動きを封じられた。一対二を卑怯《ひきょう》だと思う感覚は持ち合わせていないようだ。

前に立ったボウズが、今度は腹部にパンチを繰り出してきた。立て続けにボディを連打され、「うっ」と呻《うめ》き声が漏れる。ボクサー崩れだけあって、なかなかに重いパンチだった。

さらにレバー狙いの拳を打ち込まれた。何度かレバーを打たれて、じわじわとダメージが広がる。内臓を痛めつけられる——生まれて初めて味わう痛み。

「おら！　どうした。もうギブアップか？」

金髪が羽交《はが》い締《じ》めにしていた腕を離した。支えを失い、ずるっと崩れ落ちる。すると今度は、後ろから背中を蹴りつけられ、前のめりに倒れる。横腹を蹴られ、「くっ」とエビのようにまるまった。

「女に色目使いやがって、クソが！」

金髪とボウズが、交互にガッ、ガッと蹴りつけてくる。内臓まで響く衝撃に、びくっ、びくっと体が痙攣した。

「思い知ったか！　ばーか！」

罵声を浴びせかけられ、足や腰を容赦なく踏みつけられた。

一方的な言いがかりをつけられて、ふたりがかりでぼこぼこにされている——普通なら、心が折れる展開に違いない。

確かに体はあちこち痛んでいる。治りが早いとはいえ、痛みはちゃんと感じる。

だが、不思議なことに気持ちは萎《な》えていない。むしろ少し高揚《こうよう》していた。

ここ最近、対処に困り、持て余していた〝熱〟。

体の奥でマグマのようにどろどろと渦巻《うずま》く〝熱〟の出口をやっと見つけた。

行き場を失い、鬱積《うっせき》していた気持ちの出しどころがようやく——。

(見つかった)

希月は伏せていた顔を上げた。

その顔を見た男たちが、薄ら笑いを引っ込める。

「おい……なんかこいつ、動物みてーに目が光ってんぞ」

金髪が頬を引き攣らせて「キメえ」とつぶやいた。

「ばか。んなわけあるか。外灯が反射してんだろ?」

ボウズがすぐさま打ち消し、ことさらに胸を張る。

「は？　なんだよ？　まだやられ足りねーのか？」

「足りねーなら、ぼっこぼこにしてやるぜ？」

虚勢を張る男たちを揺るぎなく見据えて、希月はゆらりと立ち上がった。

「…………」

体の奥底からふつふつと沸き上がる〝熱〟に背中を押され、一歩前に出ると、男たちが見えない圧力に押されたようにじりりっと後退する。

「……くそっ」

ボウズが顔を歪ませて吐き捨てた。得体の知れない恐怖に押し潰されそうなおのれを、奮《ふる》い立たせようとするかのように。

対する希月は、自分のなかで、現在進行形で起こりつつある覚醒《かくせい》を感じていた。

生まれてからずっと体の奥深くにあった〝野性〟が揺り起こされ、長い眠りから目覚める感覚。

荒々しい衝動、身震いするような高ぶりを抑えつける。

牙《きば》で引き裂いてしまわないように。

噛み殺してしまわないように。

自分に言い聞かせ、ゆっくりと反芻してから、希月は〝獲物〟に飛びかかった。

初めてのガチの喧嘩は、希月に不思議な高揚感をもたらした。

同じように体を動かすのでも、スポーツとはぜんぜん違う。

一歩間違えば大けがをする——最悪命を失う危険性を孕《はら》んでいる——ぴんと張り詰めた緊迫感。

やるか、やられるか、一触即発《いっしょくそくはつ》のスリル。

相手からビリビリ感じる殺気と闘気。

狙いどおりに拳や蹴りがヒットした時の手応え。

それらが渾然一体《こんぜんいったい》となって、アドレナリンを大量放出させるのかもしれない。

ふたりいっぺんに襲いかかってきた男たちを——ボウズはボディからアッパーカットのワンツーで、金髪は回し蹴りの一撃で沈める。ボウズの口からは血が噴き上がり、金髪は軽く数メートル吹っ飛んでゴミ袋にダイブした。

ゴミ袋の散乱する裏路地から、意識を失ったふたりを残して引き揚げる際には、ここ数ヶ月間低調だったテンションの上昇をひさしぶりに感じていた。

もちろん本気を出したわけではない。そんなことをしたら、相手を殺してしまっていただろう。

決定的なダメージを与えないよう手心は加えたが、それでもずいぶんすっきりした。

胸の奥底に澱んでいた黒い感情と、どうやっても散らせなかった〝熱〟を発散できた爽快感《そうかいかん》は、なにものにも代えがたい。一種の快感だ。

高いテンションのまま自宅に戻り、その夜はすっきりした気分で眠り、目覚めもさわやかだった。みちるとの登下校は相変わらずで、会話というほどの会話はなかったが、いつもほど空気を重く感じない。

数日は心も軽く、夜も眠ることができたが、喧嘩で得られた爽快感は一過性《いっかせい》のもので、長くは続かなかった。

しばらくするとまた、体の奥に〝熱〟が溜まり始め、胸がもやもやしてくる。

またかと思ったが、今度は〝熱〟の散らし方がわかっている。

希月は新たな〝獲物〟を求め、深夜の繁華街をうろつくようになった。

顔をモッズコートのフードで隠して、ゲーセンやコンビニ前の駐車場など、不良のたまり場になっていそうな場所にわざと出向く。その段ですでに全身から戦闘オーラが出てくるらしく、ほぼ九割の確率で血気盛んな男たちに絡まれた。売られた喧嘩は漏れなく買う。

場数を踏むうちに、喧嘩のやり方がわかってきた。

相手が多勢《たぜい》な時のバトルスタイル。敵がナイフやバットなど、武器を持っている場合の戦い方。目も慣れてきて、相手の動きがスローモーションで見えるようになった。ここまでの跳躍《ちょうやく》は人間から見てアリかナシかなど、さじ加減もわかってきた。

そうなればもう怖いものはない。

さほど時を要さず、近隣では無敵になった。不良たちのあいだで、喧嘩が異常に強いバケモノみたいなやつがいると評判になり、姿を見ただけで逃げられるようになってしまったので、仕方なく遠征するようになった。

（ちっ。痣《あざ》が残ってる）

鏡に映っている自分の顔を見て、希月は舌打ちをした。左の頬骨のあたりが紫色に内出血している。

新月のせいか、治りが遅いようだ。

遠征先もどんどんエリアが広がり、昨日の夜は都心の繁華街まで足を伸ばしたところ、五人のチンピラに取り囲まれた。

暴力のプロたちは、これまで相手にしてきた不良とは、さすがにキャリアが違った。

最終的には勝ったものの、相手が多勢だったこともあり、顔や体にダメージを負った。

特に顔面にモロに入ったパンチの痕が、青痣になって残ってしまった。

髪が伸びていてよかった。短髪だったら、めちゃくちゃ目立っていただろう。

（まあ……徐々に薄くなって夜には消えるだろ）

父と母に痣を見咎《みとが》められる前に、「今日は朝メシいらない」と断り、そそくさと準備をして家を出る。

幼なじみの家まで迎えに行き、外門の前で待っていると、ほどなく木の門が開いてみちるが出てきた。希月の顔を見て「……おはよう」と挨拶《あいさつ》してくる。

「おはよう」

このやりとりで始まる朝は、百回を優に越えている。タカがいた頃を合わせれば、トータル四桁《けた》に乗っているはずだ。

たまに、これっていつまで続くんだろうと考える。高校を卒業するまで？　仮にみちると一緒の大学に進んだら、さらに四年間。いや、さすがに大学に入ってまで送り迎えはないよな。

そんなことをぼんやり考えていた希月は、斜め前に佇むみちるが、自分の顔をじっと見つめていることに気がついた。あわてて、痣がなるべく見えないよう、みちるの左側に移動する。

「行こうぜ」

先に立って促したが、みちるは動こうとしなかった。

「どうした？」

それには答えず、やっと動いたかと思うと、希月の前に回り込むようにして立つ。

「その痣、どうしたの？」

向き合ったみちるに問い質《ただ》され、内心で舌打ちをした。見つかってしまったからには、シラを切り通すしかない。

「……ぶつけた」

「本当？　まるで殴られた痕《あと》みたいだよ」

意外に鋭い指摘に、うっと詰まった。怯《ひる》んだ隙に、みちるがさらなる追及の礫《つぶて》をぶつけてくる。

「まさか……喧嘩とかじゃないよね?」

「喧嘩なんかしてねーよ」

即座に否定したが、タイミングが早すぎたかもしれない。

疑わしげな眼差しを向けられ、反射的に目を逸《そ》らしてしまった。しまったと思ったがもう遅い。

みちるが、少し躊躇《ためら》う素振りを見せたあとで、思い切ったように切り出してきた。

「キヅ、最近変じゃない?」

ドキッとする。よりによってみちるが、深夜の徘徊《はいかい》と喧嘩三昧を知るわけがないが、胸が不穏に騒いだ。

もしかしたら喧嘩の余韻——闘気や殺気が朝まで残っていて、それを覚られた?

胸騒ぎを抑えつけた希月は、あえてなんでもないふうを装い、「変って?」と聞き返す。

「前と変わった」

返答に片頬がぴくっと引き攣った。みちるの口調が、批判めいて聞こえたからだ。

悪いほうに変わったと言いたいのだろう。

「別に……いいだろ。変わったって」

動揺も手伝い、低く言い返して眼鏡を睨みつける。みちるの肩がびくっと揺れ、今度は彼のほうが視線を逸らした。それでも威圧モードを緩めずにいると、俯いたまま、みちるがぼそぼそと尋《たず》ねてくる。

「……タカと、連絡取ってる?」

「……しばらく取ってない」

ここ一ヶ月ほど、タカとは連絡を取り合っていなかった。

みちるとタカは繋がっている。うそをついてもばれるから、本当のことを言うしかなかった。

みちるが顔を上げ、ふたたびじっと見つめてくる。

「タカと話……したほうがいいよ」

言い含めるようなアドバイスに、イラッと来た。

「別に話すこととかねーし!」

つい大きな声を出すと、みちるが驚いたように体をすくませる。友人を怯《おび》えさせてしまった自分に、ますます苛立ちが募った。

自分の様子がおかしいと察知したみちるが、心配してくれているのはわかっていたが、素直にアドバイスを聞く気にはなれない。

タカから連絡がないのは、おそらく子育てで忙しいせいだろう。時差の問題もある。それを言い訳に、こちらからも連絡をしなかった。

実のところ、英国で子育て中のタカと、日本の高校に通う自分はあまりにも環境が違いすぎて、共通の話題がないのだ。

前はあんなに一緒にいて、口に出さなくても、テレパシーみたいに相手がなにを考えているのかわかったのに。

いまは、タカが遠い。物理的な距離だけじゃなく……遠く感じる。

しかもそのズレが日増しに大きくなっていくような気がして、それを実感するのがいやで、連絡を取らなくなった。

それに、深夜の喧嘩の件はタカにも話せない。そんな話、ただでさえ三つ子を抱えてキャパシティオーバーな弟の心の負担になるだけだ。

「…………」

さっき自分が大きな声を出してしまったせいか、黙って物憂げな眼差しを向けてくる幼なじみから、つと顔を背けた。

「……行こうぜ」

先に歩き出した希月の後ろを、みちるがとぼとぼとついてくる。彼が意気消沈《いきしょうちん》しているのが気配でわかって、胸が小さく痛んだ。

だからといって、喧嘩の件を打ち明けることはできない。

なんで喧嘩なんてするの？　と問われても答えられない。

人狼であるがゆえの懊悩《おうのう》は、普通の人間のみちると分かち合えないのだ。

（いくら幼なじみだって……言えない）

たったひとりの幼なじみに打ち明けられない「秘密」が、またひとつ増えた。

秋が深まるのに従い、希月の憂鬱《ゆううつ》は深まるばかりだった。

◐神山みちる

相変わらず、希月とはぎくしゃくした関係が続いている。

このところ、希月は明らかに変わった。

その前から——今年に入ってから少しずつ口数が少なくなってきて、生来《せいらい》の天真爛漫な明るさは失われていた。でもここ最近は、はっきり顔つきが変わった。目つきが鋭くなり、笑わなくなって、全身に殺伐《さつばつ》としたオーラを纏うようになった。

体つきも変わった。昔から背が高くてスタイルはよかったけれど、全体的にさらに引き締まってシャープになった。

鞭《むち》のようにしなやかな長身から、触れれば切れそうな〝気〟というか、人を遠ざける荒《すさ》んだオーラを放っているせいだろう。

以前のような気安さは消え、気軽に話しかけられる感じではなくなり——学校でも、みんなが遠巻きにするようになった。

少し前まで、希月はたくさんの仲間に囲まれていた。

希月を取り囲むグループだけ、光を内包するみたいにキラキラ輝いていて、自分は彼らが楽しそうにはしゃぐ様を、いつも教室の片隅から眺めていた。

でもいまの希月は、ほとんどひとりでいる。教室では、自分の席で本を読んでいることが多い。いまのところ授業は真面目に受けているが、昼休みになると、ふらりと教室から出て行ってしまう。どこでなにをしているのか、自分は知らないし、聞けない。

今日もまた、四時限目の終業ベルと同時に斜め後ろの席を立ち、教室を出て行った。体を捻《ひね》って、長身の後ろ姿を視線で追っていたみちるは、後方のドアから希月が出て行くのを見届けて姿勢を元に戻し、スクールバックのなかから弁当を取り出す。

祖母が作ってくれた弁当に手を合わせて「いただきます」と小さくひとりごち、箸《はし》を持った。

昼休みの教室では、各自が机を寄せ合ってグループを形成し、弁当のおかずを交換したり、購買のパンに齧《かじ》りついたりと、思い思いのランチタイムを過ごしている。ぼっちなのは自分だけだが、できるだけ気にしないようにしていた。

「キヅくん、また消えたね」

女子のグループから聞こえてきた声に、箸をぶきっちょに持つ手がぴくっと揺れる。

「ねー、どこで食べてるんだろ。あー、一緒にランチしたい！」

「私もお弁当作ってあげたい！」

「あんた、自分の弁当も親任せじゃん。むりむりー」

きゃははっとテンションの高い笑い声が起きる。

男子生徒からは距離を置かれるようになった――希月のほうが距離を取っているのかもしれないが――希月だが、女子人気はいっこうに衰えない。

「前より男っぽくなった」

「陰があってかっこいい」

「雄っぽくてドキドキする」

女子たちがキャーキャー騒いでいるのを小耳に挟み、改めて幼なじみを観察したみちるは、確かにそういう見方もできるのかもしれないと思った。

笑わなくなったことでいっそう大人びたし、群れないのは一匹狼然としていてかっこいい。

「クール」「孤高」はかつて峻仁の代名詞だったが、最近の希月は、まるで弟のキャラクターが乗り移ったかのようだ。

夏休み明けの朝――一ヶ月半ぶりに希月を見て驚いた。

祖母は背が伸びたと言っていたが、みちるとしては髪のほうが衝撃的だった。希月といえば、元気よく跳ねた明るい色の癖毛《くせげ》がトレードマークで、高校に進学してバスケを始めてからはずっと短くしていた。

その髪が、額が隠れるくらいに伸びていたのだ。そのせいで陰影が強調され、彫りがいっそう深く見え……子供の頃からよく知っている幼なじみじゃないみたいに思えて、なぜだかドキドキした。

そこから、希月はどんどん変わっていった。

眼差しが鋭利になり、瞳に仄《ほの》暗い熱を宿すようになって……。

もともと端整だけど、いまはただ目鼻立ちが整っているだけじゃなくて、なんて言えばいいんだろう。ちょっとした表情や目線、仕種から溢れ出るあれは……。

色気？

答えを導き出してから、あわてて首を横に振る。

(色気とか……キヅは男なのに、そんなふうに思うの……おかしいけど)

最近の希月は、動物でいえば、フェロモンみたいなものを出している気がする。だからたくさんの女子が引き寄せられ、群がってくるのだ。

ただし希月自身は、自分に注がれる熱い視線にあまり関心がないようだ。彼女ができたという噂も聞かない。そこは昔から変わらない。小学校時代から双子はめちゃくちゃモテていたけど、ふたりとも特定の女子と仲よくなることはなかった。

いや、女子だけじゃない。男子だって、学校ではそれなりに話をしたりふざけ合ったりするけれど、放課後まで一緒に行動するのは稀《まれ》だった。希月はバスケ部に入ってから、部活仲間とたまにカラオケに行ったりしていたようだが、峻仁は馴れ合うことをヨシとしなかった。

びしっと一線を引いて、容易にクラスメイトを近寄らせなかった。唯一の例外が幼なじみの自分だったが、それは単に長いつきあいで、気心が知れた仲だったせいだろう。

弟よりは人づきあいのよかった希月も、峻仁の失踪から留学という流れを経て、心を閉ざし、一匹狼になってしまった。

手つかずの弁当の上に、ふーっとため息が零れる。

今朝は思い切って、「キヅ、最近変じゃない?」と訊いてみた。

希月の顔に紫色の痣を見つけたからだ。前日にはなかった痣で、自分の目にはそれが、誰かに殴られた痕に見えた。

昨夜、どこかで喧嘩したんだろうか。

喧嘩の相手は……不良?

考えただけで胸がざわざわする。

昔の希月は不良と接点なんかなかった。さわやか系のスポーツマンで、グレる要素なんてひとつもなかった。

だけど最近の希月ならば、不良と喧嘩をしていても不思議じゃない……。

鼓動が不規則に脈打つのを感じながら、「その痣、どうしたの?」と尋ねた。

返ってきたのは「……ぶつけた」という答え。でも素直には信じられなかった。不穏な胸騒ぎに押され、「本当? まるで殴られた痕みたいだよ。まさか……喧嘩とかじゃないよね?」と追及した。希月のリアクションは早かった。

——喧嘩なんかしてねーよ。

まるで、そう訊かれたらこう答えようとシミュレーションしていたみたいに。

否定の仕方に違和感を覚えて、ずっと思っていたことが口から出たのが、「キヅ、最近変じゃない？」だ。

——変って？

——前と変わった。

希月がむっとしたのがわかった。

——別に……いいだろ。変わったたって。

低い声が落ちるのと同時に睨みつけられた。肩がびくっと揺れる。

怒らせた！

怒気を孕んだ眼差しから、思わず視線を逸らした。

上から睨《ね》めつけられて、怖かったけれど、言わずにはいられなかった。俯いたまま、ぼそっとつぶやく。

——……タカと、連絡取ってる？

——……しばらく取ってない。

もう長いあいだ希月が鬱積を抱えていて、なにかに苛立っているのはわかるのだけど、その理由がわからない。勇気を振り絞った問いかけにも、まともな返答はなかった。

やっぱり自分じゃ相談相手になれないのだ。

だったらせめて弟に相談して欲しいと思い、「タカと話……したほうがいいよ」と言ってみたが、余計に苛立たせてしまっただけだった。

――別に話すこととかねーし！

突き放すような物言いのあと、憮然《ぶぜん》と黙り込んだ希月と、会話のないままに駅まで歩いた。電車のなかでも、希月は音楽を聴いていて、自分は文庫本を読んで過ごした。最近は一緒にいても別々のことをしているのが普通で、会話といえば、「じゃあ」とか「また明日」とか、必要最低限の一言か二言。

そんな状態でも、希月はそれが自分の使命だと思い込んでいるかのように、朝はみちるの家に立ち寄り、下校時も家まで送ってくれる。

毎朝顔を合わすたびに、昨日の希月とは違うと感じる。

日々変わっていく。外見も、内面も。

自分なりに希月が変わってしまった原因を考えてみたけれど、おそらく第一の要因は、峻仁がいなくなった喪失感。時期的に、それは間違いないと思う。

でも最近は、それだけじゃない気がしている。

峻仁が留学して、もうだいぶ日が経った。

人間は、どんな状況にも慣れる動物だ。現に自分は峻仁がいない日常にかなり慣れた。

なのに希月は、日を追って荒んでいっている。

もしかしたら……自分の存在そのものが足枷に？　苛立ちの元凶は自分？

今朝の、自分の言葉にむっとして声を荒らげる様子から鑑《かんが》みても、その可能性は高い気がする。

だとしたら、言わなければいけない。

もう十七歳だし、いつまでも幼なじみとつるむ年齢じゃない。

「明日から迎えに来なくてもいいよ。帰りも別々にしよう」

毎日、今日こそ言おうと思って家を出るのに。

希月からは言えないのだから、自分が切り出さなければいけないのに。

また一日、今日も言えなかった自分に嫌気が差し、絶望して、鬱々とした気分で眠りにつく。

いま、なによりも一番欲しいもの。

勇気が欲しい。

希月を解き放つ——勇気が欲しかった。

3

◐賀門希月

短い秋が逝き、野生の狼が一年でもっとも活気づくシーズンがやってきた。

人狼もしかり。

気温が下がって空気がひんやりしてくると、体のなかのエネルギーが徐々に高まってきて、活動的になる。人間が寒さで体が硬くなって動きが鈍くなるのとは逆だ。

活動期のピークはだいたい一月頃。

だが、今年の希月は例年と異なり、すでに秋口から異変が始まっていた。じっとしていられないほどの〝熱〟を持て余し、深夜家を抜け出しては喧嘩に明け暮れる秋を過ごした。

気温の低下に伴い、体のなかの〝熱〟は、さらに上昇してきた。常に微熱があり、肌が火照《ほて》って、心臓がドクドク高鳴っている。

そして相変わらず眠りは浅かった。食欲にはムラがあり、ある日はまったく食欲がなく、またある日は異常な飢餓《きがかん》感を覚えて貪るように食べてしまう、といった具合だ。

昨年までも、月齢の満ち欠けの影響で、体温や食欲、睡眠欲の変化はあったが、ここまで激しくはなかった。しかも今年は新月でもパワーが落ちない。感覚としては、いまの新月が、以前の満月くらいの感覚だ。

最近は、殴り合いをしても前ほど発散できなくなってきた。喧嘩のプロである、チンピラややくざとやり合っても楽に勝てるようになってきたせいだ。それなりにアドレナリンは出るが、相手に致命的なダメージを負わせないようにセーブしなければならないので、それはそれでフラストレーションが溜まる。

いまの自分にはもはや、ぞんぶんに殴り合えるような相手がいない。

そうなると、どうやって〝熱〟を発散すればいいのかがわからなくなってきた。こんな状態がいつまで続くのかもわからない。

先の見えない状況に苛立ち、消化不良のまま——だからといってほかに有効な手段も思いつかずに惰性《だせい》で深夜の街をうろついていたところ、両親も気がつき始めたらしい。

「昨日の夜、出かけた?」

ある朝、不意討ちで母に訊かれ、ギクッとした。

「……コンビニに行った。急にアイス食いたくなって」

「今頃アイス?」

「冬場のアイスうまいじゃん」

「ふーん」

その時はそれ以上追及されなかったが、しばらくして今度は廊下で鉢合わせした父に、「最近、眠れないのか？」と訊かれた。今回は心の準備ができていたので、スムーズに言葉が出た。

「あー、たまに夜中に目が覚めるとなかなか寝つけないことがあって……そういう時はコンビニに行ったり、外を走ったりしてる」

親にうそをつくことに罪悪感はあったけれど、チンピラやくざと喧嘩をしているとは口が裂けても言えない。

罪の意識をひた隠しにし、平静を装う希月の顔をしばらく見つめてから、父が「そうか」と相鎚を打った。

「俺もそういう時期があったから、夜間外出禁止にはしないが、ランニングするなら車には充分気をつけろよ。深夜はスピードを出している車も多いからな」

「わかった。気をつける」

「それと、母さんに心配をかけるな」

釘を刺されて、「……うん」とうなずく。

「よし」

微笑んだ父が、希月の頭にぽんと手を置き、髪をくしゃっとした。

「………」

廊下を去っていく父の後ろ姿を目で追いつつ、気まずい思いを噛み締める。

さすがに喧嘩をしているとは思っていないかもしれないが、繁華街をうろついているのはバレている気がした。たぶん父は、十代の自分自身と照らし合わせて、そういう時期もあると、おおらかな心持ちで見守ってくれているのだ。父に本当のことを打ち明けても、頭ごなしに叱りつけはしないだろう。父もかつて極道の世界にいたから、殴り合いでフラストレーションを発散する感覚は、ある程度は理解してもらえる気がする。

ただ、真の意味で、いまの自分が感じている〝焦燥〟や〝孤独感〟を共有してもらうのは難しい。なぜなら父は人間で、人狼ではないから。

では、同じ人狼の母ならばどうかといえば、これもまた難しい。

夜中に家を抜け出して暴力のプロと喧嘩をしていると知ったら、母はきっとものすごく心配する。ヘタをしたら泣かれる。二度と喧嘩なんてするなと厳命するだろうし、深夜の外出も禁止するだろう。

それは困る。いまの状態で夜に出歩く自由を奪われたら、ストレスでおかしくなってしまう。

かといって峻王叔父に話せば、早晩母の知るところになるだろうし、叔父の伴侶の立花に相談すれば、やはり心配される。亡き祖母の弟である、大叔父の岩切に言えば祖父に伝わる。

実はこれが……一番怖い。

希月と峻仁の祖父——神宮寺月也。江戸末期から続く任侠組織『大神組』の元組長で、神宮寺一族の長老。自分たちの祖父なので、それなりの年齢のはずだが、外見は恐ろしいほどに若々しい。

染みひとつない白磁《はくじ》の肌、眦《まなじり》が切れ上がった杏仁形《きょうにんがた》の双眸、まるで紅を差したかのような赤い唇。時の経過に逆らい、妖艶《ようえん》と言ってもいい美貌を維持する祖父を見ると、自分たちは異形《いぎょう》の血筋なのだと改めて実感する。

人ならざるものの集合体である同族のなかでも、祖父は別格だった。

子供の頃は、やさしい『ジイジ』だったが、長じるに従い、希月にも祖父のすごさがわかるようになってきた。峻王叔父もオーラがハンパなくて、会うたびに圧倒されるが、祖父に比べれば人間味がある。

生きる伝説である祖父の前に出ると、無意識に背筋がぴんと伸びた。

祖父は声を荒らげたり、ことさらに威圧したりすることはないが、それでも自然と相対する者を服従させてしまう、不思議な力を持っている。

長老である祖父の言葉は絶対だし、現リーダーの叔父ですら祖父には逆らえない。末端の自分なんか、なおさらだ。もし祖父の怒りを買い、謹慎を命じられたら……。

(やっぱり誰にも言えない)

両親や本家のみんなのことは大好きだから、できることなら隠し事をしたり、うそをついたりはしたくない。でも、心配をかけないためには、黙っているしかない。

そう思うことで、ますます自分を追い詰めて——孤独感を追い払えないままに十二月になった。師走《しわす》に入ったとたん、世間が一気に慌ただしくなったのを肌で感じる。両親もなんとなく忙しそうにしているが、希月自身は相変わらずの日々を過ごしていた。

高校二年の二学期というのはなんとも中途半端だと思う。一年時のフレッシュな感覚もなければ、受験のプレッシャーもない。どうしたって中だるみ感は否めない。期末テストはあるが、授業をそこそこ真面目に聞いていれば、特段、試験勉強に時間を費《つい》やす必要性は感じなかった。

その期末テストも終わり、学校は消化期間に突入した。

冬休みまで残すところ四日となった、十二月第三週の日曜日。

いよいよ押し迫ってきた年越しの準備で、朝から買い出しに行ったり本家に顔を出したりと、出たり入ったり忙しそうな両親を見かねて、希月は「なんか手伝おうか？」と申し出た。母からの返答は、「気持ちはうれしい。が、まずは自分の部屋を片付けろ」。

部屋に関しては、子供の頃から、耳にタコができるくらい小言を言われ続けてきた。

同じ双子でも、きれい好きのタカはいつも自室を整然と片付けており（主がいなくなったいまも、母がまめに埃《ほこり》を払ったり掃除機をかけたりしていてきれいなままだ）、比較対象として、向かい合わせの自分の部屋が目立ってしまうのだ。

自分では、出しっ放しのようで、その実置く場所を決めてあって使い勝手は悪くないのだが、母の目には「雑然と汚く」映るらしい。

なにをどう説明しても言い訳としか取られないのはわかっていたので、すごすごと二階に上がり、自室の片付けに取りかかった。

はじめは嫌々だったが、体を動かしているうちに徐々に気分が乗ってきて、クローゼットのなかや引き出しのなかの整理にも着手する。溜め込んでいた不要品を選別し、断捨離《だんしゃり》して、最終的には四十五リットルのゴミ袋三つ分になった。整理整頓のあとで、掃除機をかけて水拭きもした。

大掃除が終わった部屋は、出しっ放しのものがなくなり、かつてないくらいに整然と美しかった。まるでタカの部屋みたいだ。

「はー……すっきり」

カラカラと窓を開けて、空気を入れ換える。いつの間にか日が落ちて、外は真っ暗になっていた。一心不乱に集中できたのは、夜空に浮かんでいる月のおかげだ。

かなり正円に近づいてきた月齢十二日目の月。

あと三日で、年内最後の満月がやってくる。

月齢が満ちつつあるせいか、集中力を途切れさせることなく片付けられたが、部屋がきれいになったからといって、心のなかまで断捨離とはいかない。一瞬すっきりしたが、心の奥底に澱んでいるもやもや、および正体不明の〝熱〟が解消されるまでには至らない。

いまも、ひんやりとした空気を深く吸い込んで吐き出すと、真っ白な息がたなびいた。それだけ、息が熱いのだ。

月を見上げれば、背中の生毛《うぶげ》が逆立ってぞわぞわする。歯茎がむずむずして、犬歯《けんし》がにゅっと伸びそうな錯覚に囚われる。

いますぐ変身して住宅街を走り回り、皓々《こうこう》と光る月に向かって遠吠えしたい——そんな衝動に駆られるのは、まだ力がコントロールできなかった子供の頃以来だ。

(ダメだって。住宅街で変身なんかしたら、峻王叔父さんにぶっ殺されるぞ)

ぶるっと身震いしながら、荒ぶる衝動と闘っていると、スウェットのバックポケットのスマホが鳴り始めた。

スマホを引っ張り出して、ホーム画面を見る。発信者の名前は【タカ】。

(タカ!?)

電話とか、いつぶりだろう。ぽつぽつとメールのやりとりはしていたが、直接話すのは、本当にひさしぶりだった。

「もしもし? タカ?」

『キヅ? ひさしぶり』

「いま電話、大丈夫なのか?」

真っ先にそう確認したのは、この数ヶ月タカからの電話がなかったのは、育児に忙殺《ぼうさつ》されていたせいだとわかっていたからだ。

『子供たちは寝ているし、アーサーとユージンがついていてくれているから』

「そっか。直に話すの、すっげーひさしぶりだな」

思わず感慨深い声が出た。

弟に対して、一口では言えない複雑な感情を抱いてはいるが、声を聞けばやっぱり懐かしいし、テンションが上がる。

『……だな。なかなか自分の時間が作れなくて……ごめん』

「ごめんとか……謝ることないじゃん。タカは一生懸命、育児してんだからさ」

そうだ。自分と違ってタカはがんばっている。

それに、こっちからも電話をしなかったのだから、おあいこだ。

背筋を這い上がってくる気まずさを抑えつけ、希月はわざと明るい声で「俺の甥っ子たちはどう？　元気？」と尋ねた。

『ハイハイするようになって、床に落ちているものをなんでも口に入れちゃうから、目が離せないよ。あと、人見知りも出てきてさ。こっちって散歩していると、通りすがりの人がベビーカーを覗き込んで話しかけてくれるんだけど、必ずギャン泣きするし、ひとりが泣けば、ほかにも伝染して三人いっぺんに泣くし』

「三つ子あるあるだな。俺たちもそうだったって、父さんと母さんが言ってたじゃん」

『だよな。いま、自分が昔の父さんと母さんの立場になって、本当に大変だったんだろうなって思うよ』

「父さんも母さんも、大変だなんて思ってなかったんじゃねーの？　おまえだってそうだろ？」

『うん……まあね』

そこで会話が途切れる。次はいつ、タカと電話で話せるかわからない。滅多《めった》にないチャンスになにを話そうかと考えていると、電話口の改まった声が『キヅ』と呼んだ。

『俺になにか話したいこと……ないか？』

その問いかけで、弟が電話をかけてきた理由に気がついた。

おそらく両親──母かもしれない──が、このところの自分の様子がおかしいことを心配して、タカに電話をしてみて欲しいと頼んだのだ。

親には話さなくても、弟には心を開くかもしれないと考えたのだろう。

「……母さんに頼まれた？」

『うん』

タカは依頼主を隠さなかった。ここは正直に腹を割って話したほうがいいと思っているのかもしれない。

『夜中にちょくちょく出かけているようだけど、どこでなにをしているのか、本当のことを話そうとしないって』

やはりそうか。うそはバレバレだったってことだ。

タカに探りを入れて欲しいと頼む母の気持ちもわかるので、希月は嘆息を嚙み殺した。

『夜中に家を抜け出してなにしてるんだ？』

水を向けられて迷った。しらを切り通すこともできなくはないが、心のどこかに言ってしまいたいという欲求もあった。人狼であるという生来の「秘密」以外に、さらなる秘密事を抱えているのが正直しんどい。

タカ自身に対するコンプレックスや負い目は、当人に言えないけれど。

「……母さんに言わないって約束するか？」

『わかった。約束する』

タカは、安請け合いはぜったいにしない。一度約束したことは必ず守る。その点は信頼できるので、希月は思い切って告白した。

「……繁華街に出向いて喧嘩してる」

『喧嘩!?　……って殴り合い？』

虚《きょ》を衝かれた声を出すタカに、「そう」と認め、喧嘩を始めたきっかけと、その後の経緯をざっくり話す。

『え？　じゃあ、わざわざ都心まで遠征しているのか』

「近所には、もう相手がいない」

『だからって、やくざ相手とか……無茶すぎるよ』

「いまのところ全戦全勝」

『まあ、そりゃあキヅが本気出せば勝てるだろうけど……』

「ちゃんと手加減してる」

電話口から、ふーっというため息が聞こえた。どうやら呆《あき》れさせてしまったようだ。

バツが悪くなり、やっぱり打ち明けなければよかったと後悔していると、ほどなくしてタカが躊躇いがちに切り出してくる。

『いまの話を聞いていて思ったんだけど』

「なに？」

『もしかしたらおまえ……繁殖期が来たんじゃないか？』

「繁殖期？」

ぴんと来ていない声を出す希月に、『体がずっと熱っぽくて、一所《ひとところ》にじっとしていられなくて、なにかに飢えているみたいな感じ……俺にも覚えがある』とタカが言った。

「マジで？」

『俺の場合は、アーサーに出会ったことで繁殖期……つまり発情期が始まったけど、先に発情期が来る場合もあるはずだ。発情期が来てから〝つがい〟に出会うパターン。峻王叔父さんがそうだったって、侑希ママに聞いた』

侑希ママというのは、峻王叔父の〝つがい〟である立花のことだ。タカは立花を第二の母と慕っており、本当の親子のように仲がよかった。

『峻王叔父さんと侑希ママは、叔父さんが十六の時に、生徒と担任教師として出会ったんだけど、その時点で叔父さんは発情期の真っ最中で、不登校になったりしてかなり荒れていたらしい』

当の立花が言うのならば、そういう経緯だったんだろう。泣く子も黙る『大神組』組長として、威風堂々《いふうどうどう》と君臨《くんりん》する峻王叔父にも、荒ぶった青春時代があったのだ。

それも驚きだったが――。

（これって……発情期……なのか？）

十七にもなって発情期が来ないことに焦りを感じていたが、いざ自分がそうかもしれないと指摘されれば、なんだかショックだった。

（ってゆーか、なんでショック受けてるんだ？　俺……）

人狼である以上、発情期が来るのは当然のことで、〝つがい〟と出会い、子孫を作る準備ができた証《あかし》だ。動物として自然の摂理。人狼としての成熟の兆《きざ》しなのだから、ここは喜ぶべきところなのに……素直に喜べない。もやもやする。

おのれの感情が理解できずに戸惑っていると、タカが『あっ、三つ子が起きたみたいだ』とあわてた声を出した。希月の耳にも、赤ん坊の泣き声が小さく聞こえてくる。はじめはひとりの泣き声だったが、連鎖するように、ふたり、三人と増えていく。まさしく三つ子あるある。

アーサーとユージンがみてくれているとはいえ、泣き声が聞こえてくれば母親の本能として気もそぞろになり、電話どころではないのはわかった。

「赤ん坊のところに行ってやれよ。じゃあ、切るからな」

『うん、ごめん。また今度ゆっくり』

「おー……じゃあな」

通話を切った希月は、スマホを手に窓際に立ち尽くした。

(なんでだ?)

さっき発情期かもしれないとタカに指摘された自分が、マイナスの衝撃を受けた理由を考える。

立ったまま考え込み、いつもはそこまで掘り下げない深層心理まで潜《もぐ》っていって、辿り着いた結論。

自分は、タカみたいになるのがいやなのだ。

発情期が来て変わってしまったタカ。

家族を捨て、一族の絆を断ち切り、〝つがい〟のもとに走ったタカ。

そうなりたくない。

発情期という抗《あらが》いがたい大波に呑み込まれ、自分を見失うのが怖い……。

生まれてからずっと一緒だったタカの変化を目の当たりにした。冷静で自制心が強かったタカが、恋を知り、〝つがい〟のために我を見失い、情動に突き動かされるのを見た——そのせいなのか。

自分もあんなふうになるのかと思ったら、怖くてたまらない。

その恐れを認めるのと同時に、いまだにタカの〝裏切り〟を許せていない自分に気がつく。

〝つがい〟に出会ってしまったのなら仕方がないと諦めていたし、この一年、そう自分に言い聞かせてもきた。

——よかったじゃん。おまえが幸せなら……それでいいよ。

英国で、タカにそう告げた。

結果としてタカは三つ子を産み、みんなを喜ばせているのだから、これでよかったんだと思い込もうとした。

だけど、表層心理の膜を剝《は》がした心の内側では、癒えることのない疵がじくじくと膿《う》んで、血を流し続けていたのだ……。

自分はまだ、タカとの突然の別れに納得できていない。自分よりも大切な者ができてしまったタカを、受け入れることができていない。

このもやもやは、疵の疼《うず》きだ。

だから、三つ子にも会いたくない。三つ子を溺愛する両親や、ゴスフォードとの懸《か》け橋の誕生を喜ぶ本家とも距離を感じてしまう。

(……なのに)

気持ちの整理がついていないのに、自分にも発情期が来てしまった?

もし、タカの指摘が正しくて、これが発情期だとしたら……この先どうなる?

(どうなっちゃうんだ……)

先が読めない不安と焦燥に、紗《しゃ》がかかったみたいに目の前が暗くなる。

「あーっ、くそ……なんでっ」

苛立ちを言葉にして吐き出し、窓のサッシを拳で殴った。そうしたところで、胸を覆う黒い靄《もや》を振り払うことはできない。

このままでは心と体がバラバラになってしまうような気がして、希月は、指先まで冷たくなった手で、スマホをぎゅっと握り締めた。


その夜、何度タカの言葉を脳裏でリフレインしたかわからない。そのたびに、漠然《ばくぜん》とした不安と焦燥がセットになって襲いかかってきて、ベッドに入って横になってもまるで寝つけなかった。

いや、まだ発情期と決まったわけじゃない。そう思う側から、やっぱりこの体の変調は発情期のせいなんじゃないかという疑念が生じてくる。

客観的に考えて、年齢的にも、症状からも、発情期である可能性は高い……。

(でも、いやだ)

どんなにいやでも、始まってしまったら止められない。

自分の体なのに、コントロールできないのが発情期だ。

胸がざわざわして落ち着かないので、例によって両親が寝静まった頃合いを見計らって外に出た。だが、都心に遠征をする気分にはなれず、明け方近くまで近隣をぶらついて過ごした。

どうにかしてコントロールできないのか。自分の力で止められないのか。

あてどなく町内をうろつきながら、一晩中考え抜いたが打開策は見つからず、胸に渦巻く黒い靄もいっこうに晴れなかった。

深い闇のなかで迷子になった気分のまま、夜が明ける。

月齢十三日目の朝――制服の肩にスクールバッグをひっかけた希月は、いつにもまして重い足取りで、みちるの家へと向かった。

通い慣れた道。見慣れた顔の小学生の集団。柴犬をリードで散歩させる顔なじみの中年男性。やがて見えてくる日本家屋。墨文字で書かれた『池沢』の表札。

いつもと変わらぬルーティンな一日の始まり――のはずだった。

木の門のなかから出てきたみちるを見るまでは。

（……ん？）

なにかが違う。一瞥《いちべつ》した限りでは、どこが違うのかまではわからなかったが、現れた幼なじみに強い違和感を覚えた希月は、じわりと目を細めた。

長めの前髪に黒縁眼鏡。学校指定のダッフルコートの肩にスクールバッグ。ぱっと見は、先週の金曜日、この門の前で別れた時と変わらない。

なのになぜか、みちるを眩しく感じる。

（なんだ？　なにが違う？）

目を細めたまま、小さな顔をじっと観察していて気がついた。

肌だ。肌の色が「乳白色」とでも言うんだろうか、ミルクみたいにこっくりとした白さで……しかも、ただ白いだけじゃなくて、内側から発光しているみたいに艶々している。まさに、搾《しぼ》りたてのミルクのようだ。

基本血色が悪く、顔色も青白いというイメージしかなかったみちるが、別人のようにキラキラしていることに驚き、希月は瞠目《どうもく》した。

「おはよう」

先にみちるに挨拶されて、ぴくっと肩を揺らす。それをきっかけに金縛りが解け、ぱちぱちと両目を瞬かせた。

「……おはよう」

横に並んだみちるが、「急に寒くなったね」とつぶやく。

「ああ……うん」

生返事をした希月は、ちらっと横目でみちるを盗み見た。冬の日差しに反射して、顔の生毛が金色に輝いている。少しだけ上を向いた細い鼻。かすかな膨《ふく》らみを持つ桜色の唇。華奢な顎。小さな顎から首にかけてのなめらかなライン。

毎日一緒に登下校をして、見飽きてさえいたはずの横顔を、今朝初めて見たような不思議な心持ちで見つめる。

視線に気がついたのか、みちるがこっちを向いて「なに？」と訊いた。

「今日、なんかした？」

「なんかって？」

「顔になにか塗ってるとか」

みちるが訝《いぶか》しげに「顔？」と聞き返す。

「クリームとか……乳液とか」

いよいよ怪訝《けげん》そうな面持ちで、みちるが首を横に振った。

「そんなの塗ってない。いつもと同じだよ」

特別ななにかをしたわけではないらしい。じゃあ、なんでこんなに今日は違うんだろう。謎だ。

「あとさ、シャンプー変えた？」

さっき、みちるが横に並んだ瞬間から気になっていたことを口にする。

「シャンプー？」

なんでそんなことを訊くんだといった表情を浮かべたみちるが、ふたたび首を振った。

「変えてない。お祖母さんがいつも同じやつを買ってくるから」

「そっか……」

「学校……行かないの？」

時間が気になるのか、促してくる。

「あー……そうだな。行こっか」

歩き出した希月の傍《かたわ》らに、みちるも肩を並べた。

しばらくは我慢していたが、また横目で隣を窺ってしまう。今度は、まったく陽に焼けていない白い首筋に視線が吸い寄せられた。

(……白い)

よく見ると手も白い。思い起こしてみれば、小四の時に転校してきてから半年ほどは、「生まれつき体が弱い」という理由で体育を見学していた。その後、自分たちと遊ぶようになって少しずつ体力がついていきて、体育の授業に出られるようになったけれど、運動は苦手らしく、いつも校庭の隅のほうで縮こまっていた。まともにスポーツをしてこなかったし、基本インドア派なので、あまり紫外線《しがいせん》を浴びていないのだ。

ふたたび視線を感じ取ったらしいみちるが、ちらっとこちらを見た。あわてて前を向いたが、学校に向かうあいだじゅうずっと、希月は傍らの幼なじみの存在を意識していた。意識せざるを得なかったのだ。

においのせいで。

さっき、みちるは変えていないと言っていたけれど、たぶん、みちるの知らないあいだにお祖母さんが別のシャンプーに替えたのだと思う。そうでなければ、こんなに甘いにおいがするわけがなかった。

満員の電車のなかでも、前に立つみちるの髪から甘い香りが漂ってきて落ち着かない。そわそわしていたら、電車が急停止した。

「うわっ」

車両ががくんと大きく揺れ、バランスを崩したみちるが希月のほうに倒れ込んでくる。とっさに両手を出して肩を摑んだ、そのタイミングで、もう一度車両が揺れた。

「……わわっ」

胸に倒れ込んできたみちるの細い体を、脊髄《せきずい》反射で抱き留めた刹那《せつな》、甘いにおいが鼻腔いっぱいに広がる。

「………っ」

ずきっと強い疼きを下腹部に感じた。覚えのある感覚に、胸のなかでひとりごちる。

(マジかよ!?)

通学途中の電車のなかで、幼なじみのシャンプーのにおいに反応して股間がエレクトしかけているという——あってはならない緊急事態に、希月は焦りまくった。

「ご……ごめん。ありがとう」

みちるが礼を言って離れる。それに対してリアクションすることもできない。動揺が激しくて、それどころではなかった。心臓がドックン、ドックン不規則な鼓動を刻み、こめかみに冷たい汗が滲む。

（……ヤバい）

こんなこと生まれて初めてだ。

そもそも自分は、同年代のなかでは、あまり性欲が強いほうじゃない。……というのは、バスケ部に所属していた際に、部室で先輩や同期の濃厚なエロ談義を聞いて痛感していた。

機能的には問題ないはず。

中学で精通はあったし、朝勃ちもする。溜まったら普通に自分で処理していたけれど、みんなみたいに、わざわざネットでエロ動画を漁《あさ》ったりまではしなかった。マスターベーションはそれなりに気持ちよかったが、ハマるほどじゃなかった。体を動かすスポーツのほうが断然気持ちいいし、楽しい。

その自分が、みちるのシャンプーのにおいで勃起しかけるなんておかしい。あり得ない。まるで、すごい欲求不満みたいじゃないか。確かにこのところ、殴り合いで発散していたのもあって抜いていなかったけれど。

みちるに気がつかれないように、さりげなく体の向きを変え、股間に集まった血を散らそうと試みていた脳裏に、ふっと昨日のタカの台詞《せりふ》がリフレインする。

——もしかしたら……おまえ、繁殖期が来たんじゃないか？

あっと思った。

（発情期のせい？）

そのせいで嗅覚《きゅうかく》が敏感になり、必要以上に反応してしまっているのか。

昨日タカに指摘されて、発情期の可能性を意識したせいもあるのかもしれなかった。

仮にもしそうだったとしても、女性ならともかく、みちるのシャンプーはない。いくらなんでも、それはナシだ。

（ないない、それはない！）

必死に否定し続け、駅に着くまでになんとか局部の熱を散らすことに成功し、かろうじて事なきを得たが……。

さすがに授業中は大丈夫だったが、下校時になると、みちるの髪から漂う甘いにおいはもっと強くなっていた。どうしてにおいが強くなったのか理屈はわからないし、なぜ自分が固有のシャンプーにのみ反応するのかもわからない。校内でも通学途中でも、ほかの誰のにおいにも反応しなかったことから推測するに、もしかしたら、みちるの体臭とシャンプーの香りの組み合わせなのかもしれない。

詳しい原理はわからないが、このままではマズいということだけはわかった。帰りの電車のなかで、急停止などのアクシデントがなかったにもかかわらず、前に立つみちるの髪から立ち上ってくるにおいだけで、エレクトしかけてしまったからだ。

（うそだろ、おい……）

自分の体のコントロールが利《き》かなくなることを恐れていたけれど、よりによって最悪のパターンだ。

これが毎日続いたら誤魔化《ごまか》し切れない。いつかはみちるにバレるし、そうなったら、たったひとりの幼なじみを失うことになる。七年間続いた友情を、こんなことで台無しにしたくなかった。シャンプーを替えてくれとは言えない。理由を尋ねられたら答えられない。

（勃起するからとか……無理！）

となれば、自分から距離を置くしかない。

少なくとも自分の発情期——まだ認めたくないけど——が落ち着くまでは——。

精神的に追い詰められて焦っていた希月は、みちるの家の前でいきなり切り出した。

「みちる……明日からなんだけど、別々に登下校しよう」

みちるの体が、目で見てわかるほどびくっと震える。

「な、なんで？」

問い質す声も震えていた。理由を問われると答えに窮《きゅう》する。おまえのシャンプーのにおいで勃起するからだなんて、ぜったいに言えない。

「……もういい加減、一緒に登下校するような年じゃないだろ？」

「そ、そうかもしれないけど……なんで急に？」

もっともな疑問に、ぐっと詰まった。自分でもおかしいとわかっている。聡明なみちるを納得させられるだけの説得力を自分が持っていないことも、重々わかっている。

それでも、いまはどうしても、そうしなければならないのだ。

焦燥のあまりに大きな声を出す。

「俺は……自由になりたいんだよ！」

言葉にしてから、はっと気がついた。それが自分の隠された本心であることに——。

無自覚ではあったけれど、みちるに「秘密」を持っていることが、ずっと重荷だった。タカの事件が起こってさらに「秘密」が増え、以前はタカとふたりで背負っていたものをひとりで抱えなくてはならなくなり、キャパシティオーバーになっていた。なにかの機会に口から溢れ出てしまいそうで、だからなるべく話をしないように無意識に会話をセーブして……。

さっき切り出した時は、しばらく距離を置けば肉体の過剰な反応も落ち着くだろうと、それくらいの気持ちだった。でも、話しているうちに、もっと根源的な問題であることがわかってきた。

目の前のみちるの白い貌《かお》がみるみる青ざめていく。まずいと思ったけれど、一度堰《せき》が切れてしまうと、もう止まらなかった。

「……俺を解放してくれ」

掠れた懇願に、みちるがじわじわと俯く。ほどなくして、消え入りそうな声で「……ごめん」とつぶやいた。

「ごめんね……」

違う。謝らなきゃいけないのはこっちだ。みちるはなにも悪くない。

出会ってからずっと「本当の自分」を隠していた俺が悪いんだ。

おまえを騙し続けてきた俺が――。

そう言いたいのに声が出なかった。

不意にみちるが顔を上げる。その頬には一筋の涙が伝っていた。それでも、喉から絞り出すように途切れ途切れの声を零す。

「いま……まで……ありがと……」

まるで別離の言葉に、心臓がぎゅうっと苦しくなった。狂おしくも切ない感情が胸中に渦巻き、思わず手を伸ばしてみちるを抱き締めてしまいそうになる。

小刻みに震える拳をさらに固く握り締めて、希月は必死に衝動を抑え込んだ。

◑神山みちる

希月と別れて家のなかに入ったみちるは、祖母に「ただいま」の挨拶もしないで階段を駆け上がった。二階の自分の部屋に入るなり鍵をかけ、ダッフルコートも制服も脱がずにベッドにダイ

ブする。枕に顔を埋め、我慢していた涙を解き放った。

「ふ……うっ……ううっ……」

希月に、ついに言われた。

本当は自分から切り出さなければいけなかったのに、言わせてしまった。

しかも、すぐに納得せず、食い下がってしまった。

――な、なんで？

――そ、そうかもしれないけど……なんで急に？

未練がましく追い縋《すが》って、希月に大きな声を出させてしまった。

――俺は……自由になりたいんだよ！

……俺を解放してくれ。

やっぱりそうだったんだというショックと、希月にあんな辛そうな顔をさせてしまった悔恨《かいこん》とが、胸のなかでない交ぜになって荒れ狂う。

自分の存在が希月の負担になっていたことは薄々わかっていたのに、勇気がなくて、自分から終わらせることができずにいて……結局、希月の口から言わせてしまった。挙げ句の果てに、泣き顔まで見せて。

（最悪だ）

想定していた終わり方のイメージのなかでも、最悪のパターン。

もし希月から切り出されたら、にっこり笑って「そうだよね。ぼくもそう思っていた」と言うつもりで、何度も何度も、イメトレしていたのに。笑うどころか、泣いて、縋って。

希月に自責の念を抱かせた。それって一番しちゃいけないことだったのに。

ばかだ。ばかだ。世界一の大ばかだ。

おのれの愚かさに絶望して、自分を責め、詰《なじ》って、罵倒して、しばらくすると、今度は喪失感に襲われる。

タカに続いてキヅも失って、これでもう自分は本当にひとりぼっちだ。

タカがいなくなった時も辛かった。でも、今回のほうが、胸が痛い。まるで鋭利な刃物の切っ先で、心臓をグリグリと抉《えぐ》られているみたいな痛み……。

痛い。痛くて苦しい……。

胸を掻きむしって泣き続けていると、ドアをノックする音が聞こえてきた。

「みちる？」

お祖母さんの声だ。

「夕ごはんできたわよ？」

呼びかけに、嗚咽《おえつ》を堪《こら》えて「ご……めん……今日は……いらない」と答える。

「大丈夫？　具合でも悪いの？」

「だい……じょう、ぶ。寝てれば……治ると……思う」

ぐずぐずの鼻声で、なんとかそれだけ言い返した。

「そう……わかったわ」

ほどなくして祖母の気配が消え、階段を下りていく音が聞こえる。

(ごめんなさい……)

せっかく用意してくれたのに申し訳ないと思ったけれど、いまの自分に、なにかを食べる力が残っているとは思えなかった。

今頃、祖母は祖父に、自分の様子がおかしいと話しているだろう。

育ててくれた祖父母にも心配をかけて……こんな自分は存在しないほうがいいんじゃないかと思えて、また泣けてくる。どんなに泣いても涙は尽きず、いくらでも泣けた。

それでも無尽蔵《むじんぞう》に思えた涙もいつかは涸れる。体中の水分が全部、涙になって出てしまったのかもしれない。

泣き疲れたみちるは、ごろんと仰向けになり、腫《は》れぼったい目でぼーっと天井を見上げた。照明を点けていないので、天井が闇に塗り潰されている。

「…………」

涙の川を氾濫《はんらん》させ、荒れ狂っていた激情の嵐は、どうやら過ぎ去ったようだ。たぶん、何度か揺り戻しが来るだろうけれど、ひとまずいまは、台風の目のなかに入ったみたいに静かだった。

自分を責めることにも、絶望することにも、悲嘆することにも疲れ果て——もはやなにも感じない。

いま何時なんだろう。お祖父さんとお祖母さんはもう寝ただろうか。

泣きすぎたせいか頭が痛い。締めつけられるような側頭部を手で押さえつつ、上半身を起こす。まだダッフルコートを着たままだったことに気がつき、のろのろと脱いだ。脱いだコートをひとまず椅子の背にかけようとした時。

カツン！

窓のほうから音が聞こえてきて、びくっと身を震わす。振り向くと、カーテンが開けっ放しの窓から、大きな月が見えた。薄暗い部屋は、窓から差し込む月の光で、ぼんやり物のシルエットがわかる程度の明るさだ。

もう一度、カツン！　と音がする。

どうやら空耳ではなさそうだと思ったみちるは、音が聞こえた窓に近寄った。カラカラと窓を開ける。墨色の空を見上げたが、まるい月と小さな星が瞬いているだけだ。次に下を見た。

隣家との境界線にあたる側道に、すらりとした人影を認める。みちるが窓を開けたからか、人影が手前に移動した。外灯に照らされて、顔かたちが明らかになる。

「キヅ!?」

思わず大きな声が出た。こちらを見上げた希月が、しっというように、唇の前に指を立てる。

その後、みちるに向かって、出て来いというふうに手で招いた。

（降りて来いってこと？）

意外なアプローチに驚いたが、さっき話しそびれたことがあるのかと思い、足音を忍ばせて階段を下りる。就寝が早い祖父母はもう布団に入っているようで、階下はしんと静まり返っていた。三和土《たたき》でローファーを履いたみちるは、なるべく音を立てないように引き戸を開ける。前庭を小走りに駆け抜け、外門を開けて道路に出た。塀沿いに走り、右折して側道に入る。

「キヅ！」

グレイのパーカの上にモッズコートを羽織り、細身のボトム、スニーカーという出《い》で立ちの希月が、歩み寄ってきた。近くまで来ると、まだ制服のままのみちるを見て、かすかに眉根を寄せる。泣きすぎてひどい顔をしている自覚があったが、言い訳をする心の余裕もなく、「どうしたの？」と尋ねた。

「謝りに来た」

「謝りに？」

「今日……ひどいことを言ってみちるを傷つけたから……ごめん」

自分が泣いたから気にして、わざわざ謝りに来てくれたのか。

「メッセージ入れようかとも思ったけど、やっぱちゃんと顔合わせて謝るべきだと思って」

祖父母を起こさないようにと気を遣い、正面からではなく、側道に面した窓に小石をぶつけて自分を呼んだのだろう。

希月のやさしさに、またしても涙がじわっと滲みそうになり、必死に我慢した。

「もしかして、あれからずっと泣いてた？」

希月が、痛ましげな表情を浮かべて訊く。

真っ赤な目や腫れた目蓋《まぶた》でバレバレなので、そこは否定できないが、「違うんだ」と言った。

「昼に泣いちゃったのは、キヅの言葉に傷ついたからじゃなくて……」

「みちる？」

「今日のこと……本当は、ぼくから言わなくちゃいけなかった。そう思っていたのに、いざとなるとなかなか勇気が出なくて……ずるずる今日まで来ちゃって」

「どういうことだよ？」

希月が眉をひそめる。

日中はショックでパニックになってしまい、自分の気持ちをうまく説明できなかったけれど、いまならばきちんと言えるはずだ。俯き加減に、みちるはぽつぽつと語り出した。

「もうずっと……今年に入ってから……キヅを解放しなくちゃって思ってた。タカに頼まれて、ぼくの側にいてくれているんだと思うけど、幼なじみだからって、そこまでキヅが背負う必要はなくて。キヅはバスケ部に戻ってもう一度バスケをやるべきだし、彼女だって……」

「彼女？」

希月が聞き咎める。

「だから、その、キヅはすごくモテるんだから、彼女を作ったりとかも……」

「別に興味ねーし」

照れ隠しなどではなく、本気で興味がなさそうな声で否定されてぴくっと肩が揺れた。

（本当に興味ないんだ……）

幼なじみの本音らしきものを知り、ちょっと気持ちが浮き立つ。そこで気分が上がる自分に首を傾げていたら、希月がつぶやいた。

「解放しなくちゃとか……みちるがそんなふうに思う必要ないよ」

ひさしぶりに聞く、やさしい声。

「だから明日からもいままでどおり、一緒に学校に行こう」

「えっ……」

びっくりして顔を振り上げる。

視界に映り込んだ希月の貌は、月を背負って逆光になっていた。

光の輪郭で縁取《ふちど》られたその姿が、なにやら神々《こうごう》しく見えて、思わずフリーズする。

塗り潰された顔の造作のなかで、ふたつの目だけが――。

（……光ってる）

いまの希月の発言について、それじゃあ駄目だ、キヅは解放されるべきだよと反論しなくちゃいけないのに、獣みたいに光る双眸に魅入《みい》られて、声が出なかった。

(キヅじゃ……ないみたい)

ぼんやり見惚れていたら、不意に、希月が手を差し伸べてくる。

「……散歩しようぜ?」

誘うような囁きが落ちてきて、みちるは反射的に、差し伸べられた手を取った。

それが、夢のような時間の始まりだった。

月光に照らされた夜の道をふたりで歩く。子供の頃から見慣れていたはずの道が、今夜はまるで違って見えた。なんだか月の魔法がかかったみたいだ。人通りもなくて、自分と希月のために用意された道であるかのような錯覚に陥る。

こんなふうに、希月と散歩をするなんていつぶりだろう。タカがいた頃は学校帰りに三人で駅前の本屋に寄ったり、ファーストフード店に立ち寄ったりしていたけれど、ふたりになってからは寄り道どころか、ほとんど会話もなく、まっすぐ帰宅していた。

(しかも——手を繋いで)

希月と手を繋いでいることに気がついたのは、歩き出してからだいぶ経ったあとだった。あまりに自然な感じで手を差し出され、自分も当たり前のように手を取ったので、しばらくはその行為に対して無意識だった。

だけど、一度意識しだすと、急に胸がドキドキし始め、顔や首筋が熱く火照る。

だって、誰かと手を繋ぐなんて、それこそ亡くなった母や祖母と繋いだ子供の頃以来だ。

初めて繋いだ希月の手は、自分の手をすっぽり包み込んでしまうくらいに大きくて、あたたかかった。希月という人間そのものみたいに大きくてあたたかい。

男同士で手を繋ぐなんておかしくないだろうか。

誰かに見られたら……どうしよう。

いや、でもきっと希月だって、人が来たら手を離すはずだ。

（だから、それまでは……）

少しでもこの時間が長く続くようにと、こっそり胸のなかで祈る。

今夜の希月は、話しかけるなオーラを放ち、よそよそしかった、ここ数ヶ月の希月とは別人のようだ。豹変《ひょうへん》ぶりに戸惑いがないと言えばうそになるが、それよりも、昔のやさしかった希月に戻ったみたいでうれしかった。ついさっきまで枕がびしょびしょになるほど泣いていたことを思うと不思議な気分だったけれど、うれしい気持ちには抗えず、素直に手を引かれて歩く。

「どこ行くの？」

気ままな散歩なのかと思いきや、目的地があるような足取りに、疑問を感じて尋ねた。対する希月の答えは「もうすぐわかるよ」。

希月の誘導のもと、地面から数センチ浮き上がっているみたいなふわふわした足の運びで辿り着いたのは、町外れにある中学校だった。

正門の前に、ふたりで並んで立つ。

「ここ……」

「懐かしいだろ？」

「うん」

みちると希月、そして峻仁が卒業した中学だ。三人が卒業した年、母校は少子化が原因で、隣町の中学と合併した。在校生と教師は、比較的建物が新しかった隣町の校舎に移り、ここは閉校になったのだ。

卒業前に閉校を知らされて「ちょっと寂しいね」なんて峻仁と話していたが、卒業してからは一度も足を運んでいなかった。訪ねたところで、誰もいないのだから仕方がない。

「……真っ暗だ」

当たり前だが、校庭も校舎も真っ暗で、明かりひとつ点《とも》っていなかった。街路灯と月明かりに照らされて、五階建ての校舎のシルエットがぼんやり浮かび上がっている。

侵入者を防ぐためか、正門の煉瓦積みの塀の前には『立ち入り禁止』の看板が立ち、鉄製の校門自体も鎖で厳重に封鎖されている。いずれは取り壊されて更地になるのだろうが、予算の都合もあってか、まだ着手されていないようだ。

母校のうら寂しい様子を見て、やや物悲しい気持ちになっていたら、繋いでいた手を解かれた。

「……あっ」

希月の体温を失った喪失感に、とっさに声が出る。みちるの手を離した希月が、すっと身を沈めた——かと思うと、次の瞬間には校門の上に立っていた。さらに、ひらりと学校の敷地内に飛び降りる。

「……え？」

あまりにその跳躍が鮮《あざ》やかで、アクション映画でも観ているような気持ちになった。

（いま……跳《と》んだ？）

目をぱちぱちしていると、息ひとつ乱さず、なにごともなかったかのように校門の向こう側に立った希月が、「みちるもこっちに来いよ」と呼ぶ。

「む、無理だよ……」

校門は一メートル五十センチほどで、てっぺんの横棒がちょうどみちるの目の高さだ。よじ登れない高さではないのかもしれないが、なにしろ自分の運動能力は底なしに低レベルなのだ。

希月もそれを思い出したのか、身を屈《かが》めて地面に膝をつき、柵と柵の隙間から両手を突き出して、手のひらを重ねた。

「俺の手に片足を置いてみて」

どうやら、自分の手を踏み台にしろということらしい。このまま希月と離ればなれはいやだったので、言われたとおりに、おそるおそる片足を置いた。

「両手で門の上を摑んで」

両手を上げて校門のてっぺんの横棒を摑む。

「こっちの足に体重をかけて……そうだ……いいか？　ゆっくり押し上げるからな？」

みちるの片足を手のひらに載せたまま、希月がじりじりと立ち上がった。体が浮き上がり、もう片方の足が地面から離れる。

「うわっ」

体がぐらっと傾きかけ、みちるはあわてて横棒にしがみついた。希月のサポートに助けられながら、両手両足を使って無我夢中で這い上がり——気がつけば、門の上に四つん這いの体勢で乗り上げていた。

「じゃあ、今度は降りるぞ」

そう告げるなり、希月が両手を広げる。

「思い切って跳べ」

「で……でもっ」

「大丈夫だ。必ず受け止めるから。俺を信じろ」

力強く請け負われて、みちるは覚悟を決めた。腕を広げた希月を目指し、えいっとばかりに、飛び降りる。

「………っ」

木から木へと飛び移るモモンガよろしく、体ごと希月にぶつかった。ぶつかった瞬間、硬い体にぎゅっと抱きつく。

希月は言葉どおり、しっかりと受け止めてくれた。抱き留めたみちるをそっと下ろす。両足が地面に着いてほっとした。

「大丈夫か？」

気遣って声をかけてくれる。こういうところ、やっぱり希月はやさしいと思う。子供の頃から、さりげなく、いつもやさしかった。照れくさいのか、ぶっきらぼうな態度を取ることもあったけれど……。

「……うん」

心拍数はめちゃくちゃ上がっていたが、どこも怪我はしていない。

「よし、じゃあ行こう」

ふたたび、みちるの手を取った希月が、校庭を歩き出した。

（いいのかな？）

今更だけど、閉鎖している学校に忍び込んだりしていいんだろうか。あんなに大きく『立ち入り禁止』と書かれた看板が立っていたのに。

もし誰かに見つかって、警察沙汰になったら……。

ネガティブな想像に、胸が不穏に騒ぐ。だけど、引き返したくはなかった。臆病な気持ちに負けて、希月との夜の冒険を終わらせたくない。こんなこと、二度とないかもしれないのに。

校庭を突っ切り、校舎に辿り着くと、希月はかつて自分たちが使っていた正面の昇降口ではなく、校舎の裏側に向かった。

駐車場に面した教職員専用の通用口まで行って、そこでみちるの手を離した希月が、ドアノブを摑んで回す。あっさりドアが開いた。

「開いた！」

思わず声が出る。

「なんでここの鍵がかかってないってわかったの？」

みちるの質問に、希月はつらっと「たまたま」と答えた。

たまたまなわけがない。さっき、希月はまっすぐ、ここを目指していた。

これまでに何度か校内に忍び込んでいて、ここの鍵がかかっていないことを知っていたとしか思えない。

けれど、それ以上の追求を躱《かわ》すように、希月はドアの向こうに行ってしまった。みちるが躊躇っていると、ドアの隙間から顔を出して「来いよ」というふうに手で招く。ごくっと喉を鳴らして、校舎に足を踏み入れた。いよいよ不法侵入だ。

おっかなびっくりなみちるとは裏腹に、希月は迷いのない足取りで進んでいく。

三年間を過ごした懐かしい校舎だが、暗くて人がいないせいか、見知らぬ場所のように感じた。

窓から差し込む月明かりを頼りに廊下を進む。やがて階段が見えてきた。希月が先に立って上り始める。

（階段……上るんだ）

どこに行くのか教えてくれないので、ついていくしかなかった。

階段には月の光が届かず、真っ暗だ。みちるは制服のポケットから携帯を取り出し、ライトを点けた。足元しか照らせないが、ないよりはマシだろう。希月はライトを点けなくても、まるで暗闇でも目が見えているかのごとく、揺るぎない足運びで階段を上っていく。

階段を上る、踊り場を経て、折り返しの階段を上る——を五階分繰り返した。

「はぁ……はぁ」

日頃の運動不足が祟《たた》って、みちるが肩で息をしていたら、先を行く希月の足音がぴたりと止まる。顔を上げた視線の先に、うっすらと明かりが見えた。扉にはめ込まれた磨《す》りガラスから漏れる月の光のようだ。

最上階に着いたらしい。四畳半ほどのデッキスペースに立った希月が、ドアノブについている鍵をカチッと回し、鉄の扉を押し開いた。

屋上に出た希月に、みちるも続く。フェンスに囲まれてはいるが、頭上を覆うものはひとつもない、圧倒的な開放感。

「わあ……」

広々としたスペースの真ん中まで進んで、みちるは顔を仰向けた。

「すごい……月が大きい！」

ほぼまんまるな月を仰いで、興奮した声を出す。中学生の時、屋上に上ったことはあったけれど、いつも昼だった。夜は初めてだし、こんなに月を近くに見たのも初めてだ。

希月は、この大きな月を見せようと思って、自分をここに連れてきたんだろうか。

確認しようと思って振り返ったが、当の希月の姿が見当たらない。

「……キヅ？」

屋上をぐるりと見回してから駆け出す。

「キヅ……どこ!?」

捜しながら声を出したら、「ここだ」と返事があった。振り仰いだ先――ついさっき自分と希月が出てきた扉がある四角い建物――塔屋《とうや》の上に、すらりとしたシルエットが立っている。

塔屋自体の高さは三メートルほどで、落下防止のフェンスや柵もない。

「そこ、危なくない？」

尋ねたが、希月は月を見上げて答えなかった。

「どうやって上ったの？」

「梯子《はしご》で上った」

塔屋の側面に回り込んでみると、確かに鉄の梯子がある。

（どうしよう）

迷ったが、希月の横に立って、同じ景色を見たいという欲求に抗えず、梯子を上り始めた。

普段なら、怖がりで行動力ゼロの自分はここまでしない。たぶんいまの自分は〝普通じゃない〟のだ。いつになく高揚して、テンションが高くなっているのがわかる。

梯子をなんとか上り切って、かすかに震える足で塔屋の上に立った。

それに気がついた希月が、「上ってきたのか?」と驚いた表情をする。ビビリの自分がここまで来るとは思わなかったんだろう。

「気をつけろよ?」

「うん」

怖々とした足取りで、ゆっくり歩いて、四角いスペースの一辺の端に立つ希月に近づいた。

あえて下を見ないように視線を正面に固定し、幼なじみの横に立つ。顔を少しずつ上げて、希月の視線を追った。

(月……大きい)

さっきより近く感じる。気温が低くて空気が澄んでいるせいか、今夜の月はくっきりしている。クレーターと「海」で形成された模様まではっきり見えた。

満月なのかな? まんまるではない気がするけれど。

みちるは、ちらっと横目で希月を窺った。

月をまっすぐ見つめる希月の横顔は、どことなく郷愁《きょうしゅう》を帯びて見える。初めて見るような切なげな眼差しに、胸がずきっと疼いた。

（郷愁とか……かぐや姫じゃないんだから）

自分で自分の思考に突っ込んでいたら、足元のほうから風がびゅーっと吹き上がってきて、とっさに下を見てしまった。ひっと喉が鳴る。

高い！

自分が立っている場所の、想像していた以上の高さを意識したとたん、脚がガクガク震え出した。後ずさろうとしたが、足が思うように動かず、バランスを崩す。

「危ない！」

よろめいた体を、横合いから伸びてきた手に支えられ、転倒を免《まぬか》れた。

「あ、……ありが……」

礼を言おうとして、声が途切れる。片手で支えられていたはずが、いつの間にか、両手で抱き込まれていたからだ。

（……え？）

希月の胸のなかにすっぽり収まっている自分に虚を衝かれ、固まる。

校門から飛び降りた際も抱き留められたけど、一瞬だったし、あれは反射的な行動だった。

でもいまは……自分を包み込む希月の腕に、能動的な意思を感じる。

じわじわと顔を上げると、希月が自分を見下ろしていた。ふたつの目が、点火した炎のようにぼわっと黄色く光る。

（黄色？）

普通の人間の目は黄色く光ったりしない。そうなるのは動物だけだ。

ついさっきまで、一緒にいたのは、旧知の幼なじみだった。

じゃあいま、目の前にいる獣じみた男は誰？

怖いけれど魅力的な、獣の眼に魅入られて動けなくなった。すると黄色い眼が徐々に近づいてきて、視界が暗くなる。熱い息がかかり、唇に、自分のものではない熱を感じた。しばらくは、それがなにを意味するのかわからなかった。

自分以外の誰かの唇が、唇に覆い被《かぶ》さっている。

（も、もしかして、これって……）

キス？

経験はないけれど、知識としては知っていた。小説でも描かれているし、テレビや映画ではよく観る行為で、一般にカップルがお互いの想いを確かめ合うためにするとされている愛情表現のひとつ――。

（キス……されている？）

恋愛沙汰とは縁のない自分がキスすることなんて、たぶん一生ないと思っていたから、すぐには実感が湧かない。

でも、触れている唇から伝わる熱が、これは夢でも幻でもないと告げている。

（本当だ。……本当にキスしてる）

遅まきながら自覚するのと同時に、一瞬にして全身がカーッと熱を孕んだ。心臓が破裂しそうにドクドク脈打つ。鼓動が激しすぎて、心臓が壊れそうだ。

やがて、重なっていた唇が離れた。が、まだ吐息を感じる距離で留まっている。上目遣いに、みちるは幼なじみを見つめた。眼は黄色く熱を帯びたまま……。震える唇を開き、囁いた。

「キヅ……？」

なんで？　なんで急にキスなんか……。

恋人同士でもない。ただの幼なじみで、しかも男の自分になんで？

訊きたかったけれど、訊けなかった。整った貌がまた近づいてきて、もう一度唇を塞《ふさ》がれてしまったから。

頭がクラクラする。

一度だったら、アクシデントや弾みという可能性もあるかもしれないけれど、二度目は……。

まさしくアクシデントでも、弾みでもないことを証明するかのように、今度はただ押しつけるだけではなく、唇を吸われた。上唇と下唇を交互にちゅくっ、ちゅくっと吸われたあと、舌が唇の隙間をこじ開けようと試みてくる。

舌先でつつかれて、びっくりして薄く口を開けたら、その一瞬の隙を突いて、熱くて弾力のあるなにかがぬるっと入り込んできた。

（舌⁉）

希月の舌が口のなかに！

非常事態にパニックに陥ったみちるは、目を大きく見開き、必死に両手を突っぱねた。けれど逆にその腕を摑まれ、引き寄せられてしまう。顔を左右に振って口接を解こうとしたら、後頭部を手のひらで摑まれて、強い力で固定された。こうなってしまえば、もうぴくりとも動けない。

「んっ……んっ……んーっ」

抗いを封じ込めるように、体と体をぴったり密着させて抱き込まれた状態で、口腔内を希月の舌が動き回る。初めて侵入した他人の口のなかに興味津々とでもいうように、好奇心の赴《おもむ》くまま、上顎の裏や横の粘膜など、あらゆる場所を舌先でつつき回し、歯列を探り、舐め回す。

他人の舌が荒々しく口のなかを這い回る——生まれて初めて知る感触に、みちるは身震いし、涙ぐんだ。背筋がぞわぞわして、尾てい骨がむずむずする。

気持ち悪い。気持ち悪い。気持ち悪い。

脳内が不快な感情一色で塗り潰され、毛穴という毛穴から冷たい汗が滲み出す。

助けて！　誰か助けて！

心のなかで叫んだところで、当然ながら誰も助けてはくれず、そして希月は容赦がなかった。

獲物を追い求めるハンターよろしく、必死に逃げ惑うみちるの舌を追い詰め、ついに搦《から》め捕《と》った。

「……っ……っ」

ぬるぬると舌を絡められ、入り交じったふたり分の唾液がくちゅくちゅと音を立てる。舌の裏側を舌先で舐め上げられて、体がぴくぴく痙攣した。

はじめはただひたすら不快でしかなかったぬるぬるした感触が、だんだん別のものに変わってきたのは、いつ頃だったんだろう。

背中のぞわぞわが、ぞくぞくに変化した。冷たかった指先に熱が点り、その熱がじわじわと全身に広がっていく。額の生え際が汗で濡れ、首筋が粟立《あわだ》つ。希月と密着している部分が熱い。火傷しそうに熱い。熱くて……溶けそうだ。

ふっと気がついた。

(興奮……している?)

気持ち悪かったはずなのに、いつの間にか興奮している?

おかしい。こんなの……おかしい。

こんな自分は……おかしい。

嬲《なぶ》られ続けた舌がジンジン痺れてくる。顎の感覚がなくなってきて、唾液が口の端から溢れて滴《したた》り落ちる。たぶん酸欠なんだろう。頭が白く霞《かす》んで気が遠くなる——。

「……っ」

気がつくと、口のなかから希月が消えており、口接が解かれていた。

「ごほっ……ごほっ」

急激に肺に入ってきた酸素に咽《む》せるみちるの二の腕を、希月が掴む。ぐいっと引っ張られ、前のめりに倒れたみちるを抱き込んだまま、コンクリートの床に腰を下ろした。直後に、希月がごろりと反転する。

仰向けに押し倒されたみちるは、戸惑いと混乱に両目を見開いた。コンクリートの冷たい感触が尻から背中全体に広がっていく。

自分を組み敷く幼なじみの肩越しに、皓々と輝く大きな月が見えた。

逆光で潰れた希月の表情は窺えない。

ただ、黄色い獣の眼が不気味な光を放つだけだ。

なにを考えているのか。

これからなにをするつもりなのか。

恐れと興奮とで、体のおののきが止まらない。

おこりのように震え続けるみちるに、獣の眼を持つ幼なじみがゆっくりと覆い被さってきた。

4

◐賀門希月《がもんきづき》

——俺は……自由になりたいんだよ！

——……俺を解放してくれ。

下校時にみちるを泣かせてしまった悔恨《かいこん》が、家に帰って自室に入ったのちも、ずっと尾を引いていた。

——ごめんね……。

——いま……まで……ありがと……。

振り絞るように発せられた涙声と、頬を伝っていた一筋の涙が脳裏から離れない。夜、ベッドに入って、目をつぶっても眼裏《まなうら》から消えない。

本当は自分が悪いのに。

勝手にみちるのにおいに反応して、セーブできなくなった自分のせいなのに。

（なのに……泣かせた）

みちるがとても繊細なのは重々わかっていたのに、体のコントロールが利《き》かない焦《あせ》りから、強引な物言いをしてしまった。

事情が話せないとはいえ、いくらなんでもいきなりすぎた。自分の都合ばかりで、みちるの気持ちを考えていなかった。シャンプーに反応してしまう件は、別の対処法を考えよう。きっとなにか見つかる。

（みちる……いまも泣いているかも）

そう思ったら居ても立ってもいられなくなった。

両親が寝静まるのを待って、自宅を抜け出し、みちるの家まで行った。チャイムを鳴らせば、早寝だと聞いている祖父母を起こしてしまうかと思い、屋敷の側面に回り込んで、側道の路肩に立つ。二階のみちるの部屋は暗かったが、カーテンは開いていた。もう寝てしまっているのなら、閉まっているはずだ。

まだ寝ていないほうに賭《か》けて、小石を投げた。一投目は反応がなく、やっぱり寝てしまったのかと思ったが、二投目でカラカラと窓が開き、みちるが顔を出す。

——キヅ!?

大声を出したみちるに、しっと指を立て、出てこいと手で招く。

どうしても直接、面と向かって謝りたかった。その上で、日中の発言を取り消したかった。

外に出てきたみちるは、想像していたとおり目が赤くて、泣き疲れたような顔を見たら胸がぎゅっと痛む。

——今日……ひどいことを言ってみちるを傷つけたから……ごめん。

謝ったら、みちるが「泣いたのはそのせいじゃない」と言って、彼の考えを明かされた。

——今日のこと……本当は、ぼくから言わなくちゃいけなかった。そう思っていたのに、いざとなるとなかなか勇気が出なくて……ずるずる今日まで来ちゃって。

——もうずっと……今年に入ってから……キヅを解放しなくちゃって思ってた。タカに頼まれて、ぼくの側《そば》にいてくれているんだと思うけど、幼なじみだからって、そこまでキヅが背負う必要はなくて。

そんなふうに考えていたのかと驚くのと同時に、みちるが長いあいだ自分と離れるべきだと思っていたことにショックを受けた。

どうやらみちるは、みずからの存在が希月の重荷になっており、バスケ部に戻らないのも彼女を作らないのも自分のせいだと思っているようだ。彼女なんかどうでもいいのに。

だけど、そう思わせてしまったのは、たぶん自分の態度のせいだ。

みちるに対して「秘密」が増えて、息苦しかったのは事実。急にふたりになって距離感が摑めず、ぎくしゃくした。よく考えたら、今年になってから、自分の鬱屈《うっくつ》や体調の変化でいっぱいいっぱいで、友人らしい言葉のひとつもかけてこなかった。

挙《あ》げ句《く》の果てに、昼間の「解放してくれ」発言。

みちるが思い詰めるのも当然だ。

全部自分が悪いのだけれど、みちるの涙を見て、ものすごく動揺した。狂おしくも切ない感情が胸に渦巻《うずま》いて、泣いているみちるを抱き締めたいとさえ思った。

真っ赤な目を隠すように俯《うつむ》くみちるを前にして、改めて気がつく。

みちるは大切な、唯一無二の幼なじみだ。掛け替えのない友人だ。

明日から離ればなれなんて、やっぱり考えられない。この先も一緒にいたい。

——解放しなくちゃとか……みちるがそんなふうに思う必要ないよ。

——だから明日からもいままでどおり、一緒に学校に行こう。

素直な心情を言葉にできてほっとした。みちるは驚いていたけれど。

本当は、みちると昔のようにじゃれ合いたい。子供の頃みたいに屈託なく。

そう思ったら、もう用は済んでいたけれど別れがたくなって、誘いをかける。

——……散歩しようぜ？

とっさに差し出した手を、みちるは拒まずに取ってくれた。

繋いだ手から伝わる体温に、ひさしぶりに気分が浮き立つのを意識しながら、夜の散歩に出かける。

ここ数ヶ月の深夜の放浪で見つけた、とっておきの場所にみちるを案内した。

隣町の中学校と統合されて廃校になった母校。

タカと自分とみちるの三年間の思い出が詰まった、懐かしい場所だ。いま思い返すと、あの頃が一番楽しかった。三人が揃《そろ》っていて、どこに行くのも一緒で……。

近くに高い建物がないせいで、校舎の屋上の塔屋からは、ひときわ月が大きく見える。

そのことに気がついてからは、眠れない夜はひとりで校内に忍び込み、屋上に上っていた。

屋上の塔屋に立って月を見上げると、普段は自分の奥底に眠っている野性が目覚めるのを感じる。狼に変身し、月に向かって遠吠えしたくなる。

今夜もそうだった。

月齢十三日の月の光を浴びると、いつもは抑えつけている野性の血が、抑制の鎖を引きちぎっていまにも暴れ出しそうになる。

塔屋の上で、凶暴な衝動と闘っていたら、みちるが梯子《はしご》を上ってきた。

超ビビリなみちるが、こんな場所まで上ってくるなんて思わなかったので驚いた。

おっかなびっくりといった足取りで、みちるが近づいてくる。塔屋の端に立つ自分の横に並び、同じように月を見上げた。

しばらく並んで月を眺めていたが、どうやらうっかり下を見てしまったらしい。急に高さを意識したのか、震え出して足元のバランスを崩した。

——危ない！

よろめいた体を片手で支えた刹那《せつな》、脳天がくらっとするほど甘いにおいが漂ってきた。

あの〝におい〟だ。

みちるの体臭とシャンプーが混ざり合って作り出される、たまらなくいいにおい。

頭がクラクラするにおいに唆《そそのか》され、細い体を衝動的に抱き寄せてキスをした。

希月自身にとっても、おそらくみちるにとっても、ファーストキス。

初めて触れる他人の唇は、やわらかくて、心地いい弾力があった。

——キツ……？

みちるが戸惑っているのがわかる。当然のリアクションだ。自分の頭のなかでも警鐘《けいしょう》が鳴っていた。

まずい。これ以上はまずい。止まらなくなるぞ、と。

けれど、あの心地いい弾力をもう一度味わいたいという欲求は、抑制心をも凌《しの》いだ。

苛烈《かれつ》な欲望に背中を押されて、ふたたびくちづける。今度は押しつけるだけでは物足りず、唇を吸って、舌先でこじ開け、口のなかに侵入した。

みちるの口のなかは、しっとりとあたたかく、最高に居心地がよかった。ここから離れたくなくて、両手を突っ張って逃れようとするみちるの後頭部を摑み、押さえ込む。

もっと、もっと、深くまで行きたい。探りたい。知りたい。

好奇心に焚《た》きつけられて口腔《こうこう》内をつつき回す。みちるの舌は、そんな自分に恐れをなしたように逃げ回ったが、そうされれば余計に追い詰めたくなるのが男の性だ。

ついに追い詰め、搦《から》め捕《と》る。はじめは縮こまっていたみちるだが、だんだんと、少しずつ応《こた》えるようになってきた。舌の絡め合いは、これはこれでものすごく気持ちよかった。くちゅくちゅと、唾液が混ざり合う水音にもそそられる。

腕のなかのみちるの体が徐々に熱を帯び、体温が上がるにつれて、においも強くなっていく。噎《む》せ返るような甘いにおいに包まれて頭が白く霞《かす》み——気がつくと、希月はみちるをコンクリートに押し倒していた。

◑神山《かみやま》みちる

これは……なに？

自分に覆い被《かぶ》さっているのは……誰？

自分を押さえつける強靭な腕の力。首筋をねっとりと這い回る舌の感触。耳許にかかる吐息の熱さに、生毛《うぶげ》が総毛立つ。

「ふっ……ふっ」

荒い息から、希月の興奮が伝わってくる。かくいうみちる自身も興奮している。

そう——興奮している。心臓が壊れそうにドクドク高鳴って、毛穴という毛穴から汗が滲《にじ》み、体のどこもかしこもが熱い。顔は紅潮し、目は潤み、喉がカラカラに渇いている。

自分がこれまでになく高ぶっているのは、否定しようのない事実だ。

そして、それと同じくらいに怖い……。

幼なじみにキスをされ、コンクリートに組み伏せられているという、生まれて初めてのシチュエーション。

なんの心構えもなく、先が読めない状況にはまってしまった不安。動揺。混乱。

できれば逃げたい。いますぐ逃げ出したい。

そう思っても、体がすくんでしまって動かなかった。罠《わな》にかかった小動物みたいに、体が萎縮し、四肢が強ばって、じっと息をひそめていることしかできない。

「……………っ」

声にならない悲鳴が漏れたのは、首筋を執拗《しつよう》に舐めたり吸ったりしていた希月が、不意に喉元に歯を立てたからだ。〝噛まれた〟というよりも、〝歯を立てられた〟という表現のほうがしっくり来る。牙《きば》のように尖った犬歯がじわじわと肌に食い込んできて、ぴりっとした疼痛《とうつう》が喉から全身に走った瞬間、脳裏を支配したのは「食べられる!」という恐怖心だった。

肉食獣が獲物の喉笛に牙を立てているイメージ。

(た、食べられちゃう。食べられてしまう!)

冷静に考えればそんなわけがないのだが、この状況下で冷静でなどいられなかった。

恐怖心から、反射的にぎゅっと目をつぶる。

目をきつく閉じてフリーズしていると、喉元に歯を立てたまま、希月の手が制服の合わせをまさぐり始めた。下からひとつずつ、フックが外されていく。すべてのフックを外した希月が、喉に食い込んでいた牙を抜き、上半身を起こした。直後、制服の合わせをばっと大きく開き、二の腕の途中までぐいっと引き下ろす。

「……あッ」

中途半端な場所まで袖を引き下ろされた結果、両腕の可動域が限定されてしまった。太股の上に希月に乗られているので、足も動かせない。

(な……なんで?)

なんでこんなことをするのか。自分の自由を奪ってどうするつもりなのか。

怯《おび》えながら希月を見上げたが、相変わらず逆光で顔が潰れてしまっていて表情が見えない。

ふたつの眼だけが黄色く光っているのも変わらずだ。

突然のキス以降、言葉も発しない。そのため、なにを考えているのか、まるでわからなかった。

よく知っている幼なじみではなく、〝別のなにか〟に変貌を遂げてしまったかのようだ。

「……キ……」

みちるはぱくぱくと口を開閉した。なんとかコミュニケーションを取って、この状況から逃れたい一心で、掠れた声を押し出す。

「キ……ヅ?」

名前を呼んだけれど、返事はなかった。代わりに両手が伸びてきて、シャツの合わせに手をかけられる。その手が、シャツの前立てを勢いよく左右に引っ張った。ブツブツブツッと音を立てて、ボタンが弾け飛ぶ。

「ひ……っ」

一気にシャツの前をはだけさせられた衝撃に、悲鳴があがった。両目に涙がじわっと滲む。

ボタンを乱暴に引きちぎられた行為そのものもショックだったし、ワンアクションでそれをやってのけた希月の腕力に圧倒されたのもあった。いきなり肌が冬の冷気に晒《さら》されたせいもある。

涙目でフリーズするみちるの腹部に、希月の手が触れた。手のひらが吸いつくようにぴたっと密着する。

(……あったかい)

寒さと恐怖で熱を失っていた肌に、手のひらから希月の体温が伝わってきて、みぞおちのあたりがじんわり温もった。

気持ちいい……。

思わず目を細めて、腹部の温もりに意識を集中していると、熱い手のひらがすーっと上に移動した。

くすぐったい。実際に触れられている場所だけでなく、背中もむずむずする。

唇を嚙み締め、むず痒さを堪《こら》えていたみちるは、突然左の乳首を摘《つま》まれて「アッ」と声をあげた。

ち、乳首!?

(どうしてそんなものを摘む?)

みちるの困惑をよそに、希月の指が乳首を弄《いじ》り始める。

乳頭を指の腹で押して、くにゅっと潰していたかと思うと、逆に摘んできゅっと引っ張った。爪でカリカリと掻いたり、指先で乳暈《にゅううん》に沿って円を描いたり。まるで、新しいおもちゃに興味津々の子供だ。正直、どうしてそんなものに興味を持つのか、まったく理解できなかった。

みちる自身は、いまのいままで、存在すら忘れていたパーツだ。もちろん風呂に入る際に目にして、そこにあることは認識していたけれど、なにかに使うわけでもないので、特段に意識する必要がなかったのだ。

だが希月の乳首に対する好奇心はいっこうに冷めやらず、ほどなくもう片方も弄り出す。

両方の乳首を指で弄られているうちに、みちるの体にも少しずつ変化が訪れた。

背中のむずむずがひどくなってきて、しかも、そのむずむずがどんどん下がっていく。ついには尾《び》てい骨のあたりまで来た。そこで止まって、今度は体のなかに移動していく。下腹部の奥まで達した時、むずむずはうずうずに変わっていた。

(……なに、これ?)

疼《うず》くような、痺れるような……こんなの初めてだ。

戸惑っているあいだにも刻一刻とひどくなっていく疼きに耐えかね、みちるは体を揺すった。だけど、希月が太股に乗り上げているので、ほんの少ししか動かすことができない。ジレンマにぎゅっと奥歯を食い締めた刹那、出し抜けに、希月の指が乳首から離れた。

「あっ……」

とっさに声が漏れる。その声にひそんでいた——希月を責めるようなニュアンスを認め、カッと赤面した。

(ばか)

なんで指を離されて、物足りなさなんか感じているんだ。信じられない！

恥知らずな自分を罵倒《ばとう》していたら、左の乳首にふっと熱い息がかかった。

「………っ」

びくんっと、陸に打ち上げられた魚よろしく全身が跳ねる。

続けて右にも息を吹きかけられ、やはりびくんっと大きく背中がしなった。

(な？　なに？)

吐息がかかっただけで、過剰に反応してしまう自分に驚き、ややあって気がつく。

どうやら指で弄られたせいで、乳首が敏感になっているようだ。

(乳首が敏感とか……恥ずかしいっ)

羞恥に身を焦《こ》がしていると、希月によって感覚が研《と》ぎ澄まされた乳首が、生あたたかい感触に包まれた。

「………え？」

すぐには、なにが起こったのかわからなかった。ぼんやりしていたら、きゅうっと吸われて、予期せぬ展開を知る。

（吸われている！）

乳首を！　希月に！

さらに強く吸われて、強烈な刺激に「あぁっ」と甲高《かんだか》い声が口をついた。吸われた乳首がジンジン痺れ、じっとしていられずに体を左右に振る。なんとか胸から希月の口を離そうと試みたが、母親の乳首に吸いつく赤ん坊のごとく、しっかり吸いついて離れなかった。

「や……やめ、てっ」

腕が動く範囲で、覆い被さっている希月の体を叩く。希月が、無心に吸っていた乳首から唇を離した。ほっとする間もなく、舌で乳頭をざらっと舐められ、「ひゃっ」と変な声が出る。指で弄られるのも充分むずむずしたが、舌や唇、歯による陵辱《りょうじょく》の比ではなかった。

ただでさえ敏感になっている乳首を舌で嬲《なぶ》られ、歯で甘噛みされ、ちゅうちゅうと吸われる。そのたび、「あっ」「ひ、んっ」「ふあっ」などと、自分でも聞いたことがないような声が次々と喉から溢《あふ》れた。

それも恥ずかしかったが、もっと困ったのは、乳首を舐められたり、吸われたりすることで起こった下腹部の変化だ。

股間がじわじわ熱くなって、血液が集まっていくのがわかる。この感覚には覚えがあった。

もともと性欲はかなり薄く、ほとんどないに等しいのだが、それでも寝起きや、なんらかの外部要因で勃起することはある。それと同じ生理的な現象が、いま自分の身に起こりつつあった。

(どうしよう……)

ものすごく焦った。このままだとエレクトしてしまう。

よりによって、乳首を舐められたことに反応してしまうなんて。

乳首舐めで勃起しかけていることを、希月に気がつかれたらどうしよう。

どうしよう。どうしたら……。

焦燥《しょうそう》が募るほどに、股間に意識と血液が集中して、どんどんそこが熱くなって……。

(あ……勃……っ)

息を呑んだ瞬間だった。希月が執着していた胸から顔を上げ、太股に乗っていた体を膝までずらす。みちるのベルトに手をかけて、手早く外すと、下衣と下着を一緒に下げた。

「……やっ……」

ぷるんっと勃ち上がったペニスに血の気が引く。

外で、中学校の屋上で、下半身剝き出し。

それだけでも気を失いそうに恥ずかしいのに、その上勃起している——!

子供の頃はともかく、ある程度年齢がいってから、双子と一緒にお風呂に入る機会はなかった。中学の時の修学旅行は別の班だったので、お互いの裸を見ていないし、ましてやエレクトしている性器を見られるシチュエーションなんて想像したこともなかった。

一生起こるはずのなかった事態に直面している。

（は、恥ずかしい……っ）

顔から火を噴きそうだ。泣きたい。いや、とっくに泣いている。

外気に触れて、心許なくふるふると揺れているペニスから、みちるは涙の膜が張った目を逸《そ》らした。現実逃避でしかないとわかっていても、おのれの浅ましさの象徴を直視するのは辛すぎた。

希月は……こんな自分を見て、どう思っているだろうか。その目に浮かぶ侮蔑《ぶべつ》の色が怖くて視線を戻せない。

奥歯を食いしばり、頑《かたく》なに顔を背けていたみちるは、いきなり局部を握り込まれてびくっと全身をおののかせた。

ぱっと顔を戻して、勃起した自分のペニスを希月が握っているのを認める。

「キ……キヅッ」

狼狽《うろた》えた声が出た。乳首舐めも衝撃だったけど、性器を直に摑まれた衝撃には敵《かな》わない。

「は、離し、てっ」

みちるの懇願を突き放すように、希月の手が上下に動き始めた。

「……っ……っ」

もちろん、自分以外の誰かに性器を握られるのも、扱《しご》かれるのも初めて。

普段マスターベーションをあまりしないのは、自分でしても、あまり気持ちよくなかったからだ。溜まった精子を出さないのは体に悪い気がして、機械的に擦ってみるものの、はっきりとした快感も得られないまま、なんとなく消化不良で終わることが多かった。これだったら、読書のほうがよっぽど興奮するし、楽しい。——そう思っていた。

今回それは、自分が致命的に不器用だったからだとわかった。

希月の手で擦られたら、信じられないくらいに気持ちよかったからだ。

「うそ……」

思わず声が出てしまうくらいに気持ちいい。

擦られた場所からとろとろと快感が染み出してきて、陶然《とうぜん》となった。希月の長い指が軸に絡みつき、裏筋を撫で上げ、親指の腹で先端の膨《ふく》らみをやんわりと擦る。初めて味わう官能に背筋がゾクゾクと震え、瞳が潤んだ。

「はっ……はっ」

薄く開いた口から熱い息が漏れる。親指でこねられた先端の孔《あな》から、つぷっと先走りが盛り上がった。熱い手のひらで軸を扱かれれば、さらに透明な体液が溢れる。

亀頭から滴《したた》り、つーっと軸を伝い落ちた先走りが、希月の手を濡らした。くちゅっ、ぬちゅっという粘ついた水音が鼓膜を震わす。希月がペニスを扱くたびに聞こえる淫らな音が、興奮を増幅させた。

「んっ……ふっ……ぅん」

いままで味わったことのない快感に腰が浮き上がり、背中がうねった。羞恥心も吹き飛ぶ気持ちよさ。

熱いものが先端に向かってじわじわと上がっていく。差し迫った射精感に、太股の内側がぷるぷる震えた。

(あ……もうっ)

もうすぐ出ちゃう。でも、そんなの……いけない。希月の手を汚すなんて駄目だ。

みちるは、血が滲むほど唇を噛み締め、射精を堪えた。

だめっ……なのに!

「あああっ」

軸を擦っているのとは別の手で陰嚢《いんのう》をぎゅっと握られ、その衝撃にあっけなく放逐《ほうちく》してしまう。

「……ふ、ぅうっ」

ぴゅっと白濁を吹き上げ、全身をぴくぴく痙攣《けいれん》させたのちに、ぐったり横たわった。

(気持ち……よかった)

こんなふうに、頭が白くなるような快感は生まれて初めてだ。

心地よい虚脱感に身を任せ、射精の余韻にぼーっとしていたら、希月が腰を浮かせて膝立ちになった。ボトムの前立てのファスナーを下げ、下着から〝なにか〟を取り出す。涙でけぶっていた目をぱちぱちと瞬かせたみちるは、その〝なにか〟の正体に気がついた。

（き……希月の？）

希月の欲望は、すでに八割方勃起しており、先端が光っている。見慣れた自分のものと比べものにならない質量のそれを、希月が両手で掴んで、最後の仕上げのように扱いた。

手を離すと、雄がぐんっとそそり立つ。

いまにも腹にくっつきそうに、雄々しく天を向いた希月の分身に、みちるは極限まで両目を見開いた。口はぽっかり開いている。

勃起した状態の、他人の性器を初めて見たショック。

しかもそれが、よく知っている幼なじみのものであるという衝撃。

けれど、なによりの衝撃は、希月のエレクトの対象が自分だということだ。

「…………」

複合的なショックが一気に押し寄せてきて、瞠目したまま、フリーズすることしかできない。

そうしているあいだに、希月がみちるの脹《ふく》ら脛《はぎ》に残っていた下着と下衣を足から引き抜き、後ろに投げた。一糸纏《まと》わぬ状態になった脚を掴んで折り曲げる。体をふたつ折りにされ、尻を持ち上げられ、みちるはますます混乱した。

なに？　なに？　一体なにをしようとしている？

希月の意向が摑めず、体を硬直させていたら、尻の割れ目に濡れた感触が押し当てられた。熱くて硬いソレが、なにかを探しているかのように、スリットをぬるぬると行き来する。少して、目的のものを探し当てたのか、ぴたっと止まった。

相変わらず表情は暗くて見えなかったが、月を背負った希月の全身から、ただならぬ〝気〟を感じる。逆光のなか、獣のように光る黄色い眼も、爛々《らんらん》と輝きを増していた。

尻の孔にぐっと圧力を感じて、息を吞む。

（え？　まさか……お尻の孔に入れる……つもり？）

うそ……うそだよね？　そんなわけ……。

信じられない思いで、ふるふると首を横に振った――次の瞬間。この世のものとは思えない痛みが、みちるの体を引き裂いた。ぶわっと涙が盛り上がり、一瞬にして全身が汗で濡れる。

「いっ……」

あまりの激痛と身を裂かれる衝撃に言葉を失っていたみちるは、ぱくぱくと口を開閉した末に、なんとか声を発した。

「いたっ……痛い――っ!!」

こんな大声を出したら通報されるとか、人が駆けつけてくるとか、その手の可能性に気を回す余裕もなかった。

「キヅッ……痛いっ……抜いてっ……痛いぃーっ」

あたりを憚《はばか》らぬ絶叫が功を奏したのかもしれないし、もしかしたら希月自身も痛かったのかもしれない。めり込んでいた先端がずるっと抜けた。

「……はっ……はっ……はっ」

全力疾走した直後のように、心臓がドクドクいって過呼吸になっている。頭から水を浴びたみたいに、足の裏までびっしょり汗で濡れていた。体の震えが止まらない。

(い、いまの……なに？)

希月はなんで、あんなところに性器を入れようとしたのか。なんのために？

ショック状態から抜け出せず、パニックに陥っていたみちるは、ふたたび希月に脹ら脛を摑まれて「ひっ」と悲鳴を漏らした。抗《あらが》う間もなく、尻を高く持ち上げられる。

(ま、また⁉)

あの痛みをもう一度味わうのかと思ったら、恐怖心で顔が引き攣《つ》り、身がすくんだ。やめてと叫びたいけれど、喉が強ばってしまって声が出ない。

さっきと同じように体をふたつ折りにされたが、今回は脚を閉じたまま。ぴったりと閉じた脚と脚のあいだ——太股のあたりに、固く勃起した性器をねじ込むように差し込まれた。その状態で希月が前後に動き出す。腰を突き出したり、引いたりを繰り返して、みちるの両脚のあいだで性器を擦る。

「ふっ……ふっ」

希月の息が白くたなびいた。荒い息づかいから興奮が伝わってくる。黄色い眼の奥にも、ふたたび熱がぼうっと点《とも》り始めた。

（これって）

さすがに鈍いみちるにも、希月が、自分の脚を使ってマスターベーションをしているのがわかった。

さっきのアレと違って痛くはないが、希月が腰を入れてきた際に、アンダーヘアがざりっと皮膚に擦れる。そのぴりっとした刺激と、熱くて固い肉棒が脚のあいだを行き来する感触が、生々しくて……。

（なんだか……）

獣の眼で揺るぎなく見下ろされ、何度も擦りつけられているうちに、だんだん妙な気持ちになってくる。痛みのショックで冷え切っていた体がじわじわと熱を帯び、腰の奥がうずうずし始め、縮こまっていたペニスも徐々に復活の兆《きざ》しを見せる。

すると、勃ち上がったペニスに気がついた希月が、みちるの体をさらに深く折り曲げた。それによっていっそう腰が浮き上がる。そうしておいてから希月は、屹立の位置を脚の付け根ギリギリまで下げた。

「あぁんっ」

思わず嬌声《きょうせい》に似た声が出たのは、差し込まれた勃起の先端で、ペニスの裏側を突かれたからだ。これが予想外の快感をもたらした。

「んっ……あっ……ふっ」

ごつごつしたシャフトで蟻《あり》の門渡《とわた》りを擦られ、張り出た亀頭で裏筋をつつかれて、声が止まらなくなる。

完全復活したペニスの先端からも、とろとろと透明な体液が溢れた。自分の先走りと希月の先走りが混ざり合って、にちゅっ、くちゅっと淫らな音を立てる。

気持ちいい。

手でされたのもよかったけれど、これもいい。すごく……いい！

「ふっ……ふっ」

希月の抽挿《ちゅうそう》に加速がつき、擦りつけられた雄が火で炙《あぶ》られた鋼《はがね》のごとく熱くなってきて、フィニッシュが近いことを知らせる。

「あ……あ……あ……」

仰向いた喉から獣じみた声が溢れた。

尻上がりに高音になっていく声と一緒に、みちる自身も高まっていく。希月が膝の裏を鷲摑《わしづか》みにし、ぱんっと深く腰を入れてきた。しなった屹立の先端で根元を抉られたみちるは、大きく喉を反《そ》らす。

視界に明るい月が映り込んだ――刹那、頭が真っ白になった。

「ふ、あぁっ」

膨らみ切った欲望が弾けるのとほぼ同時に、熱い飛沫がぴしゃりと胸にかかる。

胸から腹にかけて点々と散るそれが、希月の精液だと認識したのは、飛んでいた意識が戻ってきたあとだった。

「……はぁ……はぁ……」

果てた希月が、じわじわと体の力を抜き、覆い被さってくる。

脱力した幼なじみの重みに、今夜自分の身に起こった一連の出来事が現実であったことを実感し、みちるはぶるっと身震いした。

◐賀門希月

みちるとしてしまった。

正確に言えば、自分が強引に襲った。いやがるみちるに無理矢理……した。

噎せ返るような甘いにおいに包まれて頭が白く霞み――気がつくとみちるを塔屋のコンクリー

トの床に押し倒していて――そこから先のことは、正直あまりよく覚えていない。

とにかく無我夢中だった。ひりひりとした飢《かつ》えに急《せ》き立てられるように、みちるの首筋に嚙みつく。いつの間にか伸びていた犬歯を、やわらかい肌に突き立てた。

……甘い。

柔肌に突き立てた牙から、たまらなく甘い味が染み渡ってきて、口のなかいっぱいに広がる。

でもまだ足りない。もっとたくさん、味わい尽くしたい。

渇望《かつぼう》のままに喉元に牙を立て、みちるの制服のフックを外し、前をはだけさせた。二の腕の途中まで袖を引き下ろし、動きを制限する。さらに、シャツの合わせ目に手をかけ、左右に強く引っ張った。ブツブツブツッと音を立ててボタンが弾け飛ぶ。

普段の自分ならば、そんな乱暴なことはしない。みちるがとても怖がりだとわかっているから。けれど、あの時の自分は、抑制を受けつけない凶暴なリビドーに支配されていた。

触れたい。直接、触れたい。

欲求に従い、みちるの肌に手を置いた。夜の闇に浮かび上がる白い肌には、うっすら鳥肌が立っていた。宥《なだ》めるように、そっと撫で上げて、胸に辿り着く。

寒さゆえか、恐怖ゆえか、小さな乳首は勃っていた。自分の目には、それがひどく蠱惑的《こわくてき》に映った。指でそっと摘む。みちるが「アッ」と声をあげた。

声から責めるような色合いを感じたが、お構いなしに、突起を指の腹で押してくにゅりと潰した。続けざまに、今度は摘んできゅっと引っ張る。小さな乳首は何度押し潰されても、都度《つど》、勃ち上がってきた。その反応が健気《けなげ》で、なんだか可憐《かれん》で、不器用なのに一生懸命なみちるそのものに思える。次第にひとつでは物足りなくなり、両手でふたつの乳首を弄った。

ひととおり弄り倒したら、さらなる欲を掻き立てられる。

あの小さな突起を舐めてみたい。どんな味がするのか、知りたい。

指を離し、顔を近づけた。ふっと息を吹きかけると、みちるがびくんっと跳ねた。さっきよりリアクションが大きくなっている。

敏感な反応に気をよくして、乳首に吸いついた。みちるが「あぁっ」と高い声を発し、「や、やめ、てっ」と自分を叩く。だからといって、やめられるものではなかった。

思っていたとおり、それは甘かった。人間の肌はうっすら塩分を感じるものだが、みちるはどこもかしこも甘い。

舐めて、吸って、甘噛みする。自分の愛撫で乳首がぷっくりと腫《は》れ上がるのにも、みちるがどんどん乱れて甘い声を出すのにも煽《あお》られた。

やがて、尻の下の変化に気がつく。みちるの股間が固くなっていた。

同じだ。

みちるから立ち上ってくる甘いにおいが、刻一刻と濃くなってきて――全身に絡みつくようなにおいに反応した自分の股間も、ずいぶん前からエレクトしていた。

まず間違いないと思ったが、目でも確認したくて、ベルトを外して制服のボトムと下着を下げる。ぷるんっと、細身のペニスが勃ち上がった。

男同士の双子だし、父や母とも一緒に風呂に入っていたから、自分以外の性器は見慣れている。けれど、勃起した状態のものを間近で見るのは、ほぼ初めてに近い。

人によっては、同性の性器に嫌悪感を覚えるのかもしれないが、自分はそうではなかった。いや、ほかの誰かのものだったらわからない。でもみちるのペニスは、持ち主に似て、ほっそりと控えめだった。色もピンクがかったベージュ。アンダーヘアもささやかで、全体的に初々《ういうい》しく清らか。

そのせいか、抵抗感はまるでなく、すんなりと握ることができた。

——キ……キヅッ……は、離し、てっ。

みちるが泣きそうな顔で訴えてくる。だけどこの状況で放置したら、余計に辛いはずだ。同じ男だから、その辛さは身にしみてわかっている。

みちるを気持ちよくさせたい。解放してやりたい。

その一心で、手を動かした。これに関しても、同じ男だから、だいたいのツボはわかる。どうすれば気持ちいいのか、どこがいいのか。自分だったら……と想像しながら扱いた。

——はっ……はっ。

みちるの白い胸が上下し、瞳が快感に潤み、唇がわななく。硬度を増したペニスの先端からカウパーが溢れて、自分の手を濡らした。

――ん……ふっ……ぅん。

腰を浮かせ、背中を反らして、みちるが鼻にかかった甘い息を漏らす。痴態《ちたい》を見ているだけですごく興奮した。普段のみちるが、性的なものとかけ離れた存在だからこそ、そのギャップに煽られる。

思わず、陰嚢を握り締めた。

――あああっ。

みちるが白濁を噴き上げて達し、ぐったりと虚脱する。

一方の自分は、いまにも爆発しそうなリビドーに苛《さいな》まれていた。

ここで射精できなければ、変身してしまいそうだ。それだけは……駄目だ。ぜったい駄目だ。

そんなことになったら、みちるの生命にかかわる。

一族の「秘密」を知った人間は、御三家《ごさんけ》に抹殺される。

差し迫った焦燥から、腰を浮かせて膝立ちになった。急いた手つきでボトムのボタンを外し、ファスナーを下げ、下着のなかから一物《いちもつ》を取り出す。それはもう八分勃ちの状態で、最後の仕上げを待っていた。自分で扱き、完成形へと導く。

そうしてから、みちるの脚に残っていた下衣をすべて取り払った。すらりと形のいい脚があらわになる。

脚を折り畳んで、真っ白な尻のあいだに勃起を擦りつけた。何度か行き来してから、狙いを定め、小さな窄《すぼ》まりに先端を突き入れる。自分でも、どうしてそうしたのかはわからない。

かなり前に、ネットで一度だけ男同士のセックスの仕方を検索した。自分たちの両親が男同士の夫夫《ふうふ》なので、好奇心に駆られての行動だったが、後悔してすぐに画面を閉じた。それでも網膜に焼きついてしまった映像を思い出したのが半分、残りの半分は本能に導かれた行動だった。

——いっ……いたっ……痛い——っ!!

みちるが悲鳴をあげる。

——キヅっ……痛いっ……抜いてっ……痛いぃーっ。

あたりを憚らぬ絶叫に怯《ひる》んだのもあったが、希月自身、あまりの激痛に、これ以上押し進めるのは断念せざるを得なかった。

思っていたようにはいかない。なにしろ初めてなので、予想外のことが多かった。

無理矢理入れて、流血沙汰になっても困る。みちるを傷つけたいわけじゃない。

だけど、完勃起した欲望は、一刻も早くみちるのなかに入りたがっている。

進退窮《しんたいきわ》まり、追い込まれた脳裏に、ふっと、あるアイディアが浮かんだ。

みちるの両脚を摑んで高く持ち上げ、ぴったり閉じた太股のあいだに屹立を差し込む。いわゆる「素股《すまた》」だ。これならば、みちるに痛い思いをさせずに済む。

初めての素股は、信じられないくらいに気持ちよかった。自分で扱いた時の快感なんて、足元にも及ばない。

——ふっ……ふっ。

差し込んだものを出し入れしているうちに、みちるの太股が徐々に熱を帯びてきた。痺れるくらいに熱くて、気持ち……いい。蕩《とろ》けそうだ。

見下ろしたみちるの顔は、眼鏡のせいではっきり表情はわからなかったが、半開きの唇から絶え間なく吐息が漏れていて、気持ちよさそうだ。勝手な思い込みではない証《あかし》に、萎《な》えていたペニスが固さを取り戻してきた。

もっと気持ちよくなって欲しくて、体をさらに深く折り込み、股間に欲望を突き刺す。蟻の門渡りに棹《さお》を擦りつけ、ペニスの付け根を先端で突いた。

——んっ……あっ……ふっ。

立て続けの喘ぎ声に、みちるが快感を得ているのが伝わってきて、希月の快感もいや増す。いつしか、みちるの印はふたたび勃ち上がり、透明な体液をとろとろと溢れさせていた。自分のカウパーと混ざり合って、にちゅっ、くちゅっと淫猥《いんわい》な音を立てる。

——あ……あ……あ……。

尻上がりに高くなっていくみちるの嬌声と一緒に、自分も高まっていく。

膝の裏を鷲掴みにし、ぐっと深く屹立を押し込んだ。ペニスの根元を抉られたみちるが、大きく喉を反らす。

——ふ、あぁっ。

絶頂の声を耳に、希月自身も溜まっていた〝熱〟を一気に放出した——。


射精した直後は、この数ヶ月分のもやもやが一気に吹っ飛ぶほどの解放感があった。

あそこまでの性的絶頂を体験したのは生まれて初めてだ。射精している最中は、背筋がビリビリするくらい気持ちよかった。

（だけど……）

みちるはいやがっていた。

最後は快楽に呑まれて流されていたけれど、はじめはいやがっていたし、なんとか自分の拘束から逃れようと抵抗していた。

それを自分は、強引に抗いを封じ込めて……無理矢理……した。

いやがる相手を、自分の欲望を晴らすために襲うなんて犯罪行為だ。

しかも、相手は幼なじみで、同性のみちる。

ほぼ同時にふたりで果てたあと、ぐったりと放心するみちるの体をハンカチで拭き、身繕いをさせて、塔屋から降りた。屋上から一階まで階段を下り、校庭を横切って、行きと同じルートで校門から出て——みちるを家に送り届けるまでの帰路、会話はなかった。

みちるはなにも言わなかったし、自分も話しかけなかった。

夜の散歩のオープニングの、どことなく浮き足だった雰囲気は消え、ふたりのあいだには気まずさだけが横たわっていた。

こんなことになるなんて、行きには考えもしなかった……。

ただ、みちると懐かしい場所で月を見たかっただけなのに……考え得る限りで最悪の事態になってしまった。

部屋に戻ると、罪悪感がどっと押し寄せてきて、希月は後悔の海に首までどっぷりと浸った。

いくら甘いにおいがするからって、自分の欲望を解放するために、いやがる相手を押し倒すなんて最低だ。

なにがあってもぜったいやってはいけない行為だし、普段の自分なら、きちんと抑制できる。

でもさっきは、凶暴なもうひとりの自分を、どうしてもコントロールできなかった。

(これが……発情期?)

もはや疑いようもない。自分は恐れていた事態に直面している。

ずっと目を背けてきた現実を直視せざるを得ず、希月は絶望的な心持ちで、ベッドに仰向けに倒れた。

奥歯をぎりっと磨《す》り合わせ、苦い思いを噛み締める。

自分は――発情期なのだ。

◑神山みちる

希月としてしまったあと、寝静まっている自宅に戻り、そっとシャワーを浴びた。祖父母の寝ている部屋と浴室が離れていて助かった。

二階に上がり、パジャマでベッドに腰掛け、濡れた髪をタオルで拭いていた手が、途中で止まる。さっきまでの出来事が、現実にあったことなのか、いまこうして見慣れた自分の部屋にいるとわからなくなる。

のろのろと立ち上がったみちるは、勉強机の椅子の背にかけてあったシャツを手に取った。すべてのボタンが引きちぎられてなくなっているのを確認したとたん、シャツを摑んでいる手が震え出す。

「………っ」

やっぱり本当だ。月が見せた幻想なんかじゃない。全部、現実にあったことなんだ。

(しちゃったんだ……キヅと)

親友で、幼なじみと、エッチした。

もう、自分たちはただの幼なじみじゃない。友人でもない。

明日からどうなっちゃうんだろう。どうすればいいんだろう。

途方に暮れて、瞳がじわっと濡れる。

この先に対する漠然《ばくぜん》とした不安もあったが、なにより怖かったのは、行為の最中に自分が覚えた未知の感覚だ。

快感。

希月に性器を扱かれて、頭がおかしくなりそうなくらい気持ちよくなって……達した。

それだけじゃない。乳首を弄られて感じてしまったし、脚のあいだに希月のものを擦りつけられて、もう一度達した。二度目は、一度目よりも、達した際の快感が大きかった。

相手は希月で、両思いの相手でも、恋人でもない。

自分たちの行為には気持ちが伴《ともな》っていない。

好き合った相手じゃないのに、肉体の快楽だけで……自分は達した。

(肉欲だけで……)

快楽に弱い、おのれの浅ましさにおののく。ずっと性的に淡泊《たんぱく》だと思っていたけれど、ただ単に自分の本性を知らなかっただけなんじゃないか。

(こんなこと、もしタカに知られたら……)

ふと脳裏に過《よぎ》った可能性に、みちるは震えた。

越えてはいけない一線を越えたと知られたら軽蔑される。

希月と峻仁《たかひと》の仲もこじれてしまうかもしれない。

あんなに仲のいい双子なのに、自分のせいで……。

自分がもっときちんと抵抗すればよかった。確かに希月の力は圧倒的だったけれど、それだって死ぬ気で抗えば、結果は違ったはずだ。

希月はいま、少し変なのだ。

片割れである峻仁と離ればなれになってから、ずっと様子がおかしかった。

人を遠ざけ、荒《すさ》んだオーラを全身から放ち、自分の殻《から》に閉じこもるようになっていた。

そのことは、側にいた自分が一番よくわかっている。

それなのに自分は、幼なじみから悩みを聞き出して適切なアドバイスを与えることも、自分から身を引いて負担を軽くしてあげることもできずに、彼の鬱屈を増幅させた。

ついに今日、希月から〝別れ〟を切り出してきたのに、無様《ぶざま》に泣いて、根がやさしい彼を翻意《ほんい》させた。

さっきまでのアレだって、なにがきっかけでスイッチが入ったのかはわからないけれど、おそらく自分が希月の地雷を踏んだのだ。

結果として、こんなことに……。

（明日、どうしよう）

希月と顔を合わすのが気まずい。

学校、休みたい。でも、体調不良を理由に休んだところで、永遠には逃げ続けられない。

いつかは顔を合わせなければならないのなら、早いうちがいい。

今夜のことについて、明日ちゃんと希月と話をしよう。

あれは間違いだった。ちょっとしたアクシデント。だからお互いに忘れよう——そう言おう。

今頃きっと希月も、我に返って後悔している。

なんであんなことしちゃったんだって悔いている。

お互いのためにも、忘れて、なかったことにするのが一番なんだ。

（……忘れよう……）

「それしかないんだ……」

ボタンが全部なくなってしまったシャツの前立てをぎゅっと摑んで、みちるは呻《うめ》くようにつぶやいた。

5

◐賀門希月

結局、一睡もしないままに朝を迎えた。寝ていなくても、月齢十四日なので、まったく問題ない。月齢が満ちている上に発情期のせいか、体内に力《パワー》が満ち溢れているのを感じる。

そう……発情期。

問題はそこだ。

昨夜みちるを襲ってしまったことで、これ以上現実から目を背け続けることが不可能になった。

認めるしかない。自分に初めての発情期が訪れたことを。

しかも、発情期で過敏になった嗅覚《きゅうかく》が、みちるのシャンプーと体臭の組み合わせに過剰に反応してしまうという厄介な事態に陥《おちい》っている。昨夜の暴走は、月齢十三日の月の光をダイレクトに浴びたせいもあるかとは思うが……。

ふたりきりの夜の散歩で高揚《こうよう》していたとはいえ、あの場所にみちるを連れていったのは無防備だったと反省する。

やはり、発情期が収まるまで——春頃まで、みちるとの接触を断《た》ったほうがいいのだろうか。

だけど昨夜、その件は白紙撤回してしまった。もう一度「しばらく離れよう」と言ったら、みちるをまたもや傷つけることになる。かといって本当の理由はぜったいに言えない。

寝ずに悶々《もんもん》と考えたが、解決策が浮かばないまま朝になってしまった。

ただひとつの救いは、もうすぐ冬休みだということだ。休みのあいだは登下校がない。必然的に、みちると顔を合わせる機会は減る……。

それはそれで、気分がじわじわと沈んだ。

〝みちるは大切な、唯一無二の幼なじみだ。掛け替えのない友人だ〟

〝離ればなれなんて、やっぱり考えられない。この先も一緒にいたい〟

昨日、自分の本心に気がついてしまったから、会えなくなることを素直に喜べなかった。

離れるのもいやで、でも一緒にいたら、みちるのにおいに惑わされた発情期の自分がなにをしでかすかわからない。

八方塞がりだ。

(そもそも昨日のこと……みちるになんて言おう)

昨夜はふたりとも、自分たちの身に起きた出来事に半ば放心状態で、ほとんど会話もなく別れてしまった。みちるは疲れ切っているようだったし、自分もおのれのタガが外れた暴走ぶりに驚き、動揺していた。

だけど一夜明けて、みちるも改めてアレがなんだったのか、疑問を抱いているに違いない。

どうして急に自分が襲いかかったのか、きっと知りたがっている。この先のことを考えたら、このまま知らんぷりというわけにはいかない。

昨夜の自分の行動について、なんらか申し開きをしなければならないことはわかっているのだが、具体的に、どう説明すればいいのかがわからない。

発情期のことを伏せたままで、納得がいくような説明なんてできるのか。

(というか、まずは謝るべきだよな)

いやがるみちるを押し倒し、無体《むたい》を働いたのだから、まずは謝罪するべきだ。

でも謝った結果……みちるが許してくれなかったら?

よく考えたら、向こうから絶縁されるかもしれないのだ。いや、普通は許さないのではないか。

男の幼なじみに襲われて、簡単に許すほうがレアケースだ。

その可能性に今頃になって気がつき、青ざめた。

みちるはやさしいから、昨日の段階では自分を責めなかったけれど。

少なくとも、なんらかのしこりは残る。

前と同じ……というわけにはいかないのかもしれない。

もう、なにもなかった頃には戻れないのか?

みちるを失いたくないと自覚した直後に、こんなことになるなんて。

悶々と自問しているあいだに時間が来てしまい、家を出る。早く会って謝りたい気持ちと、昨日の今日で顔を合わせる気まずさとが入り交じった複雑な心境で、みちるの家の前に立った。

なかに入る勇気が持てず、木の門の前に突っ立っていたら、引き戸が開くカラカラという音と、お祖母さんの「行ってらっしゃい」という声が聞こえてくる。

（来た！）

心臓が不穏に騒いだ。

ほどなく木の門が開き、制服にダッフルコート姿のみちるが外に出てきた。路肩に立ち尽くす希月に気がつき、びくっと肩を震わせる。

「……あ」

眼鏡のレンズ越しに、目が大きく見開かれたのがわかった。

「……おはよう」

気まずさを堪えて声をかける。

「迎え……もう来ないかと……」

みちるの口から、消え入りそうなか細い声が零《こぼ》れ落ちた。迎えに来ないほうがよかったのかと思い、ズキッと胸が痛む。

「なんで？　昨日の夜、明日からもいままでどおりって言ったじゃん」

低い声で言い返すと、みちるが「昨日の夜」のくだりで、ふたたびぴくっと肩を揺らした。

やっぱり気にしているのだ。あんなことがあったんだから、当たり前だけど……。

急激に罪悪感が込み上げてきて、思考と言動がちぐはぐな自分を詰《なじ》った。

ばか。凄んでどうする。ちゃんと謝って、昨夜の件を、みちるにうまく説明しないと。

「……あれから……その……平気だった？」

気を取り直し、まずは気になっていたことを尋《たず》ねた。無我夢中だったとはいえ、十二月下旬の寒空の下で、しかもコンクリートの上で事に及んでしまったので、その後の体調が気になっていたのだ。みちるは自分と比べて丈夫とは言えない。

みちるがカッと赤面した。

「へっ……平気っ」

頭のてっぺんから、ひっくり返ったような声を出す。

ざっと見た限りでは、風邪を引いたり、体調を崩したりしている様子はなさそうで、ひとまずほっとした。顔が赤いのも発熱のせいではないだろう。

「……時間」

ぼそっと促され、「ああ」と歩き出す。時間の制約があるから、歩きながら話すしかない。

例のにおいを嗅《か》ぐと下半身がやばいので、微妙に距離を取って歩いた。

なにから切り出そうかと思案しつつ、ちらっと横目でみちるを窺《うかが》う。

（ん？）

違和感に、希月は眉をひそめた。

みちるの雰囲気が、また変わっている。肌が乳白色に輝いているのは昨日からだけど、今朝はさらに頬のあたりがほんのりバラ色で、透明感に赤みがプラスされている。そのせいか、顔立ちが華やかに見えた。

視線に気がついたらしいみちるが、首を傾けてこちらを見る。

「……っ」

みちるの目について、希月はいままで、これといった印象を持っていなかった。眼鏡をかけている上に、レンズが分厚いからだ。いつもは分厚いレンズに阻《はば》まれて、ぼんやりとした印象しか与えない目が、今朝はなぜかくっきりと見えた。

思っていたより大きくてしっかりとした二重だ。まつげも長い。だが、なにより意外だったのは、黒目が濡れたように艶々していること。

濡れたような黒目と目が合った刹那、心臓がドクンッと大きく脈打ち、全身がカーッと熱くなった。特に、下腹部が熱い。

(やばい!)

これってエレクトの予兆だ。また朝っぱらから! これから学校なのに!!

しかも、例のにおいをキャッチする前段階でこれは……かなりまずい。

症状が進行している……。

めちゃくちゃ焦った希月は、絡み合っていた視線を解き、顔を正面に向けた。さりげなく、じりっと横移動して、みちるとの距離を広げる。

これ以上近づくと、取り返しがつかないことになりそうな予感がした。登校中に話すのは諦めよう。幸い、終業式を明日に控えて授業は午前中だけだ。昼過ぎには学校から解放されるはず。

前方を見据えたまま、希月は「みちる」と呼んだ。

「なに？」

「放課後、話がある」

みちるの表情は見えなかったが、息を呑むような気配のあと、「……ぼくも話したいことがある」と返ってくる。

ドキッとした。

（みちるの話ってなんだろう）

それきり会話の途切れた登校中ずっと、学校に着いて一限目の授業が始まってからも、希月はみちるの言葉の意味を考えていた。

もしかして、絶交宣言？

やっぱりもう、以前の関係には戻れない……のか。

考え始めると、胸がざわざわして、尻がむずむずする。

みちるの席は、希月の席の右斜め前だ。以前はそんなことまったくなかったのに、今日は白い首筋がやたら目につく。期末試験後の時間調整のような中身の薄い授業内容のせいもあり、みちるのうなじに吸い寄せられた視線が、そこからぴくりとも動かなくなった。

あの首筋に、昨夜自分は嚙みついたのだ。

柔肌に立てた犬歯から染み渡ってきた、甘い味を思い出したとたん、股間がズクッと疼いた。

（あ、ばか）

やっと鎮《しず》まったのに……アホか！

自分に舌打ちして、白いうなじから無理矢理視線を引き剝がした。

それからの時間は、意識的にみちるのほうを見ないようにして過ごす。普段から教室内では言葉を交わさないので、一度も接触することなく、放課後を迎えることができた。

長年の習慣で、事前に申し合わせせずとも、自然とみちると昇降口で落ち合う。

一緒に校門を出て、肩を並べて通学路を歩き出したが、なかなか会話のきっかけが摑めない。みちるもなにも言い出さないので、無言のまま駅に着き、電車に乗り、最寄り駅で降りた。

改札を抜けて、ふたりの自宅方面へ歩き出す。このままだと十分ほどで、みちるの家に着いてしまう。

焦燥を覚えた希月は、「タコ公園に寄ろう」と誘いをかけた。みちるが、こくっとうなずく。

タコ公園とは、神宮寺《じんぐうじ》本家にほど近い場所にある、タコの形をしたコンクリートマウンテンが目印の公園だ。

ピンク色のコンクリートマウンテンを中心に、砂場とブランコ、ジャングルジムが配置された小さな公園に入り、ベンチに並んで座った。においい対策のために、あえてあいだにひとり分の空間を置く。

昼下がりの公園には、希月とみちる以外に人影はなかった。このあたりは年季の入った古い住宅が多いので、そもそも子供の数が少ないのだ。夕方以降は犬を連れた人が立ち寄るが、それにはまだ時間が早い。

「…………」

お膳立ては整ったものの、いざとなると、なにからどう切り出せばいいのかわからない。みちるも、スクールバッグを膝に載せて俯き、なにもしゃべらないし、自分がイニシアティブを取るしかないのだが……。

焦りつつ、中央のタコのコンクリートマウンテンを睨《にら》みつけていた希月の脳裏に、ふっと、子供時代の記憶が蘇《よみがえ》った。

いつだったか……タカと深夜、ここで遊んだ。タコの足の滑り台に夢中になり、ふたりで前後になって体をくっつけて、登っては滑り、滑ってはまた登り——を飽きるまで繰り返したっけ。

確か満月の夜で、体がムズムズしてじっとしていられなくなり、こっそり寝床から抜け出したのだ。外に出ることを禁止されていた双子の、初めての冒険。生まれた時は別として、物心ついてから初めて狼の姿に変身したのもあの夜だった。

現実逃避も手伝い、懐かしい夜のことを思い出していると、隣のみちるが尻をもぞっと動かす。その気配を感じて、ちらっと横目で見たら、みちるもこっちを見ていて目が合った。

「あ……あのさ」

「あ……あの」

意図せず声がハモる。向こうもタイミングを見計らっていたんだろう。希月は先にどうぞという意味合いを込めて「なに?」と促した。表向き、平静を装ってはいたが、内心ではかなりドキドキしていた。

みちるの話ってなんだろうと、朝からずっと考えていたからだ。

「き、昨日のこと……だけど」

切り出しながら、みちるの顔がみるみる赤くなっていって口ごもる。

含羞《がんしゅう》を含んだ白い貌《かお》を見たら、思い出すことをみずからに禁じていた昨夜のあれこれ——みちるの嬌声や痴態——が脳裏にフラッシュバックしてしまい、脊髄《せきずい》反射のごとく下腹部がズクッと重くなる。

(くそ……またかよ。何度目だよ?)

主のコントロールを受け付けない下半身に、絶望的な気分になった。

こんな大事な場面でなにおっ立ててんだ。

いくら発情期だからって……節操がなさすぎる。

希月がおのれを罵《ののし》っているあいだも、みちるは「き、昨日の……あれは……」と懸命に言葉を継いでいた。

「な、なにかの間違いっていうか」

聞き捨てならない単語に反応した希月は、「間違い？」と聞き返す。

「それって、なかったことにしたいってこと？」

鋭い声の追及に、一瞬怯んだ様子を見せたみちるが、意を決したように顔を上げた。レンズの奥からまっすぐ見つめてくる。

「キ、キヅはいま……混乱しているんだと思う」

「混乱？」

「生まれた時から一緒にいたタカが留学でいなくなって、ずっと三人だったのが急にふたりになって……環境の変化のせいで情緒不安定になっている」

賢いみちるらしい、的確な分析。

急にふたりになって、距離感が掴めなかったのは事実だ。ふたりきりの時間をどうしたらいいのかわからず、持て余したのも事実。

だけど、昨夜の件は、それとはまた別の事情に起因《きいん》している。

「だから……昨日も言ったけど、もうぼくのことは構わなくて……いいよ。ぼくがみっともなく泣いたりしたから、キヅは取り消してくれたけど……」

「なんでそうなるんだよ？　その話はケリがついただろ？」

蒸し返されて語気を強めたら、それを上回る、予想外の強い口調で「ついてないよ！」と言い返された。大人しいみちるが、こんな声を出すのは滅多《めった》にないことで、虚《きょ》を衝《つ》かれる。

「我慢して、無理しているから、ストレスで、あんなこと……っ」

あんなこと——というのが、昨夜のアレであることはわかった。

みちるは昨日のアレを、ストレスゆえの暴走だと思っているようだ。

「キヅが言った……自由になりたい、解放してくれって……あれが本音なんだと思う」

確かに昨日はそう言った。

でもそれは、みちると一緒にいるのがいやなんじゃなくて、一緒にいるとセーブが利《き》かなくなり、暴走してしまう自分が怖いからだ。

断じて、みちるのせいじゃない。みちるが自分自身を責める必要なんかない。

自分のせいだ。自分が人狼だから。発情期だから。

そう言えたらいいのに。本当の理由を言えないのがもどかしい。

みちるを誤解から解き放って楽にしてやりたい。

これまでもみちるを騙《だま》し続けてきて、この先もずっと騙し続けなくちゃならないのが……辛い。

胸が苦しい。苦しくてたまらない。

「だからもう……ぼくのために無理して欲しくないんだ。幼なじみだからって、キヅが無理する必要ない。ぼくは……大丈夫だから」

強がる声が震えている。みちるはいつの間にか、また俯いて地面を見つめていた。

「大丈夫なんかじゃねーだろ！」

本当のことが言えない歯がゆさと、自分への苛立《いらだ》ちとで、思わず大きな声が出る。反射的にみちるの肩を掴んで引き寄せ、顔を覗《のぞ》き込んだ。

「俺の目をちゃんと見ろよ！」

「いやだ……っ」

体を捻《ひね》って顔を背けようとするみちると揉《も》み合っているうちに、勢い余って眼鏡のフレームに手が当たる。パシッと音がして眼鏡が吹っ飛んだ。

「あっ……」

地面に落ちた眼鏡を拾おうとするみちるの肩を掴み、強引に自分のほうに引き戻した希月は、直後、息を呑む。

眼鏡という障害物がない素顔のみちるは、ほとんど記憶になかったのだが。

（こんな顔……だったか？）

しっとりと濡れた黒曜石《こくようせき》のごとく黒々と光る瞳が印象的な目。うっすら色づいた目許と頬。細い鼻梁《びりょう》。誘うように開かれた桜色の唇。それらが、白くて小さな卵形の顔に、バランスよく配置されている。

とっさに言葉を失い、目の前の顔に魅入られていると、嗅覚が〝あのにおい〟を捉《とら》えた。

甘くて……たまらなく欲情を刺激するにおい。

しかも、今日のにおいは昨日までと違った。昨日はまだ若干の青くささを残していたが、いま感じているにおいは濃厚。たとえるならば食べ頃の、熟《う》れた果実の芳香《ほうこう》に似ている。

みちるから漂ってくる甘いにおいに、希月は否も応もなく搦め捕られた。体に纏わりついてくるにおいに、ドクンッと心臓が大きく跳ねる。それをきっかけに、鼓動がものすごい勢いで走り出した。

熱い。熱い。熱い——。

はっ、はっ、はっと呼気に乗せて体内の熱を放出していた希月は、やがて、熱を持て余しているのは自分だけではないと気がついた。

よく見れば、みちるの目もしっとりと潤み、白い肌は火照《ほて》り、薄く開いた唇からひっきりなしに浅い呼吸が漏れている。摑んだ肩も、火傷しそうに熱い。

もしかして、みちるも欲情……している？

におい 立つみちるの体臭から、発情のシグナルをキャッチした瞬間、頭が真っ白になった。肩から手を離し、ベンチから立ち上がる。

「キヅ？」

訝《いぶか》しげに自分の名を呼ぶ声を無視して、みちるの二の腕を摑み、引っ立てた。強引にベンチから立たせたみちるの腕を引っ張ると、「な、なに？　ど、どこ行くの？」という戸惑いの声が発せられる。

「やだ……は、離して……」

口ではそう言っているが、抗う力は弱々しかった。昨夜より明らかに、抵抗する力が弱くなっている。

そう確信を持った希月は、スクールバッグを手にしたみちるを、ぐいぐいと引っ張った。

公園の出口を目指して大きなストライドで歩く。

一歩ごとに、体の熱さと飢えがひどくなっていく。

早く。早く。早く！

とにかく一秒でも早く、爆発しそうな熱を放出し、苦しいほどの飢えを満たすこと。

甘いにおいに支配された希月の頭のなかには、もはやそれしかなかった。

急く足取りでみちるを引っ張り続け、五分余りで自宅に着く。門を開けてエントランスを進み、玄関の前で制服の下衣のポケットから鍵を取り出した。開錠してドアを開ける。家のなかは、シンと静まり返っていた。

通常は、在宅でトレーダーをしている父、または母、もしくは両方が家にいることが多いのだが、今日はふたりとも出かけている。一緒に映画を観に行ったのだ。

——昼食と夕食、両方とも用意しておくからチンして食べて。帰りは夜の九時頃だから。

朝、靴を履いている時に母にそう言われたが、みちるの件で気もそぞろだった自分は、上の空で「わかった」と返事をした。九時ということは、夕食も外で食べてくるんだろう。

(恒例の月一デートの日で助かった)

靴を脱いで上がり、後ろを振り向くと、みちるが三和土《たたき》に立ち尽くしている。紅潮した白い貌からは、困惑と興奮が入り交じった心情が透けて見えた。

このまま踵《きびす》を返して逃げ出したい気持ちと、自分の誘いに乗ってしまいたい気持ちとのあいだで、振り子さながらに揺れているのが手に取るようにわかる。

「みちる」

呼びかけに、ぴくっと肩が震えた。

「上がって」

促しても動かない。

「誰もいないから」

そう言い添えたら、いまにも泣き出しそうな顔をした。

「ふたりとも外出してて、夜まで帰って来ない」

「…………」

それがなにを意味するのか考えているのか、強ばった表情で突っ立っているみちるの手を引っ張る。ようやくのろのろと靴を脱ぎ、家に上がったみちるが、蚊の泣くような声で「……お邪魔します」とつぶやいた。誰もいないと言っているのに、こういうところに律儀な性格が顔を出す。逃げられないようにしっかりと手首を掴み、希月は二階への階段を上がった。小学校や中学校の頃は、学校帰りにみちるが部屋に立ち寄ることもあったが、ここ数年は記憶にない。

先に立ってトントントンと階段を上がると、後ろからみちるも躊躇《ためら》いがちに上がってくる。

二階に着いた希月は、向かい合わせのふたつのドアのうち、自分の部屋の前に立った。みちるは斜め後ろに佇んでいる。

双子が共同の子供部屋を卒業して個室を持つようになってからも、みちるは時々遊びに来ていたけれど、その際に使っていたのはタカの部屋だった。タカの部屋のほうが常に整頓されていて、きれいだったから。

もしかしたら、自分の部屋にみちるが入るのは初めてかもしれない。

そんなことを考えながら、希月はドアを開けた。

朝起きたままで掛け布団が捲れ上がったベッド、雑多なモノが秩序なく置かれた机、背もたれに脱いだTシャツが引っかかった椅子、雑誌や本が適当に突っ込まれた本棚。

先日断捨離《だんしゃり》して掃除したばかりなので、汚《お》部屋というほどではないが、やや雑然とした印象は免《まぬか》れない。こんなことなら片付けておけばよかったと思ったが、朝はこうなるとは予測していなかったので仕方がなかった。

「少し散らかってるけど、掃除はしてあるから。入って」

「………」

「みちる？」

まるでそこに結界でも張られているかのごとく、ドアの前でフリーズして動かないみちるの手を引っ張る。よろめいたみちるが、たたらを踏みつつ室内に入った。希月はみちるの手を摑んでいるのとは別の手で、ドアを閉める。

バタン。

ドアが閉まる音に、みちるがびくっとすくみ上がった。居心地悪そうに部屋のなかを見回すみちるから手を離し、肩にかけていたスクールバッグを床に落とす。ついでに、みちるのスクールバッグも摑んで下ろさせた。どさっとバッグが床に落ちるのと同時に、もう一度手首を摑んで引っ張る。

「あっ……」

小さな悲鳴をあげたみちるをベッドの側まで引き摺《ず》っていき、とんっと軽く突き飛ばした。ベッドに仰向けに倒れ込んだみちるが、小さくバウンドする。

あたふたと起き上がろうとするのを許さず、希月はみちる目掛けてダイブした。

「うわっ」

覆い被さってきた希月に驚き、みちるが手足をばたつかせる。

「キヅッ……どっ……どいてっ」

「いやだ」

「キ……ヅ？」

みちるが両目を見開く。眼鏡がないので、黒々とした瞳に、自分が映り込んでいるのが見えた。怯えているような、それでいてどこか誘っているようにも思える扇情的《せんじょうてき》な表情を見下ろし、掠れた声で囁く。

「昨日の続き……しようぜ」

「続……き？」

みちるも掠れ声で鸚鵡返《おうむがえ》しにしてきた。昨夜のアレに、まだ続きがあるのか？　と意表を突かれたような面持ちだ。おそらく、昨夜の行為がなんだったのかもよくわかっていないのだろう。

みちるが性的な事情に疎《うと》いのはわかっていた。タカと三人だった時も、その手の話題になったことは一度もなかったし、みちるからいわゆる恋バナを聞いたこともない。片思いでさえ未経験なのかもしれないし、それどころか、よく考えればみちるが女子と話をしているところすら見たことがなかった。中学の時に、不良っぽい上級生の女子に因縁《いんねん》をつけられ、閉鎖された町工場に閉じ込められた経緯もあって、女子を怖がっている節もあった。

初恋を知らないのは自分も同じだが、性に関しては、さすがにみちるよりは知識がある。バスケ部の部室で盛り上がる話題の筆頭はエロ系で、先輩からの伝授もあり、黙っていてもいろいろ耳に入ってきたからだ。

「………」

希月の熱のこもった視線を受け止めていたみちるが、力負けしたかのように、ふっと目を伏せる。長いまつげが震えて、蝶《ちょう》の羽ばたきみたいだ。吸い寄せられるように顔を近づけた。

初恋は知らないけれど、幼なじみの唇が甘いのは知っている。

桜色の唇をそっと啄《ついば》んだ。びくっとみちるがおののき、くちづけを拒むように、唇をきゅっと引き結ぶ。

二度、三度と啄んでは離す――を繰り返しているうちに、ちょっとずつ、引き結ばれていた唇が緩んできた。ちゅくっと吸うと、かすかではあったが、吸い返してくる。

その反応に手応えを感じた希月は、下唇をざらっと舐めた。唇と唇のあいだに、舌先をスライドさせ、トントンとつつく。少し間を置いて、またトントン。執拗《しつよう》なノックに根負けしたように、唇がうっすら開いた。

待ってましたとばかりに、ぬるりと押し入る。

みちるの口のなかは、昨日と同じく、蕩けそうに熱くて、しっとり濡れていた。昨夜、散々なかを探索し尽くしたのに、まだまだ追及し足りていない心持ちにさせられる。探究心に追い立てられ、マーキングする犬よろしく、あらゆる場所を舌で辿った。

「……ふっ……んっ……ん」

みちるが甘い息を鼻から漏らす。なんとなくだが、お互いにキスのコツが呑み込めてきた気がした。すぐに酸欠になっていた昨日よりは、だいぶ進歩している。

みちるも、昨日は逃げ回る一方だったのに、舌を搦め捕ると、おずおずと絡めてきた。絡め合ったり、わざと離れたり、逃げるのを追い回したり――新しい遊びを覚えた子供みたいに、ふたりでキスに夢中になる。

くちゅ、にちゅ、くちゅ、と、唾液が混じり合う音が鼓膜に響くのにも煽られた。普通に考えたら、他人と唾を交換し合うなんてあり得ないが、なぜかみちるのものは汚いと思わなかった。

舌の付け根が痺れるまで絡め合って、やっと口接を解く。

解放されたみちるが、はぁはぁと胸を喘がせた。たまらなく甘いにおいが、その体から立ち上る。

（また濃くなった……）

いっそう濃厚になったにおいに、頭がクラクラする。同時に、飢餓感《きがかん》で喉がカラカラに渇いた。

欲しい。早く……欲しい。

自分を見上げるみちるの瞳は潤み、視線も定まらない感じでとろんとしている。くったり脱力したみちるのダッフルコートの合わせに手をかけ、トグルからループを外した。全部のループを外してから、みちるの腕を摑んで引き起こす。半身を起こした状態で、ダッフルコートを脱がせた。次に制服に手をかけようとしたら、みちるが「待って」と囁く。

「じ、自分で……やるから」

「マジ？　自分で脱げる？」

問いかけにこくんとうなずき、かすかに震える手で、制服のフックを外し始めた。

初心《うぶ》なみちるが、キスで発情して自分から服を脱ぐのは、昨夜知ったばかりの快感の記憶に、まだ支配されているから。一種の、熱に浮かされたような状態なんだろう。

みちるが正気じゃないとわかった上で、そこに付け入る自分は卑怯《ひきょう》だ。自覚があったが、ここで止めることなんかできなかった。

罪悪感より強い欲望。

自分もまた、発情期という〝熱〟に冒され、操《あやつ》られている。

不器用な手つきで、なんとか最後までフックを外して制服の上着を脱ぎ、シャツに取りかかったみちるを横目に、希月も自分の制服に手をかけた。

ベッドの縁に腰掛けて、手早くフックを外し、上着を脱いだ。取り去った制服を床に投げ、シャツのボタンを外していると、先にシャツを脱ぎ終わったみちるに「全部？」と訊かれる。全部脱ぐのか、の意だろう。

ちょっと考えたあとで「全部」と答えた。

こういう時の正式な作法はわからないが、映画でもドラマでも、最終的には全裸で抱き合っているイメージがある。昨夜と違って室内だし、裸になっても問題はないはずだ。

ウエストのベルトを外してファスナーを下ろし、制服の下衣を足から引き抜く。靴下も脱いで、ボクサーパンツだけを残した格好で、振り返った。

まだみちるは制服の下衣を脱いでいなかった。靴下は脱ぎ、ベルトのバックルも外していたが、下着姿になるのが躊躇われるのか、その状態でもじもじしている。

昨夜すでに全部見せ合っているのに。

だけどまあ、昨日は月があったとはいえ暗かったし、明るい場所で脱ぐのが恥ずかしいのもわからなくはない。

「みちる？」

途方に暮れた顔を覗き込み、「俺がやろうか？」と尋ねた。ふるっと首を振ったみちるが、覚悟を決めたように、えいっと下衣を引き下ろす。足首に溜まった下衣を、希月が摑んで足から抜いた。ぽいっと床に投げる。

これで、ふたりとも下着一枚だ。

まだ陽が高い日中に、ほぼ裸で、ベッドの上に男子高生がふたり。傍《はた》から見たら異様な光景だろうなと思う。

（こんなところをタカに見られたら、殺されるかもな……）

〝みちるを頼むっていうのは、こういう意味じゃない！〟

頭に浮かんだタカの鬼の形相《ぎょうそう》を、ふるっと首を振って追い払う。

わかってる。わかっているけど、どうにも我慢できないんだ。おまえだってわかるだろ？　発情期がどんなものか、身にしみてわかっているだろ？

脳内の弟に反論していた希月は、ふと、上半身にみちるの視線を感じて「なに？」と水を向けた。自分が男の裸を凝視していたことに気がついたのか、みちるがびくっと身じろぎ、あわてて目を逸らす。

「す……すごいって……思って」

顔を横に向けたまま、くぐもった声をぼそぼそと零した。

「すごいって、なにが？」

「キヅの……体。腹筋とか、鍛《きた》えてあって」

「——ああ」

もともと筋肉質ではあったが、喧嘩《けんか》という実践で鍛え上げた結果、過剰な筋肉が削《そ》ぎ落とされ、たぶんいまが自分史上で一番絞り込まれている。なかでも腹筋は、外から形がはっきりわかるほど割れていた。

「ぼくとは……ぜんぜん違う。同じ……男なのに」

唇を噛み、恥じ入るように俯くみちるの体は、確かに自分とはぜんぜん違う。いい意味で違う。白くて、ほっそりしていて、余分なものがひとつもない。ごつごつした筋肉も、女性のようにたわわな胸も、くびれたウエストもないが、希月の目には、そのシンプルさが心地よく映った。

なにもないからこそ、乳白色の肌に淡く色づくふたつの飾りが、ひどく蠱惑的《こわくてき》で——。

誘われるように手を伸ばし、小さな尖りに触れた。

「……っ……」

みちるがびくんっとおののく。

指先でくにゅっと押し潰すと、健気に弾き返してくるのが愛おしい。

「な……なんで乳首なんか、触るの？」

みちるが戸惑い気味に尋ねてきた。男の乳首なんて触ってもおもしろくないだろうと、不思議なようだ。

「だって、乳首、感じるだろ？」

「……感じ……る？」

反復していたみちるの顔が、突如ぼわっと赤くなる。そのリアクションによって、晩熟《おくて》なみちるが乳首で感じるのだという裏付けが取れた。希月は逸《はや》る心のまま、友の細い二の腕を摑んで、シーツに押し倒す。

「キヅ？」

両目を見開くみちるの胸にむしゃぶりついた。

「ひゃっ……あっ……や、あ」

悲鳴をあげて逃げ惑う体を組み敷き、ふたつの突起を交互に舐めてしゃぶって、舌先で転がす。

気が済むまで、吸ったり、甘噛みしたり、歯でしごいたり——。昨夜もけっこういろいろやって、そこそこ満足していたつもりだったが、どうもぜんぜん足りていなかったようだ。

唾液でべとべとになった乳首から口を離すと、声を出し続けて疲れたのか、みちるはぐったり動かなかった。みちるに覆い被さっている体を、じりじりと下げる。下着の位置まで下がって、そこで止まった。視界に映る、みちるらしい白い下着に包まれた股間は、胸の刺激に反応して不自然な盛り上がりをみせている。それだけじゃない。張ったテントのてっぺんあたりに、小さな染みがあった。

先走りを漏らしている自覚があったんだろう。はっと息を呑む気配のあと、みちるが「見ないでっ」と叫ぶ。体を反転して隠そうとするのを、腰骨を摑んで阻止した希月は、下着を一気に足首まで下げた。足から引き抜いて床に放る。

下着のなかから、ぷるりと飛び出したペニスを、昼の明るい光の下で改めて観察した。持ち主に似てほっそりと可憐。色も淡くて、どこか少年めいている。清らかな佇まいに反して、先端がじっとり濡れているのが、妙に卑猥《ひわい》だった。

希月の視線を感じたのか、ペニスがひくんっと震える。ふるふると頼りなげに揺れる、その動きに誘われて、顔を近づけた。

次の瞬間、希月が取った行動は、まったく無意識のものだった。口を開けて、みちるの性器を含む。ぱくっと咥《くわ》えてから、自分の行為に驚いた。

（マジかよ?）

俺、いま、ちんこ咥えてる……。

いくら相手が旧知の幼なじみだといっても、自分が同性の性器を口に含む——しかも自分から——なんて、少し前までは想像すらしなかった。フェラチオは、乳首舐めや手コキとは次元が異なるハードルだ。

こんなに高いハードルを易々《やすやす》と乗り越えさせるとは、発情期、恐るべし。

希月自身が衝撃を受けたのだから、やられたみちるの驚きは大変なものだった。

「キッ……キヅッ!?」

驚愕《きょうがく》に裏返った声を発し、なんとか希月を股間から引き剝がそうと、両手で頭を必死に押してくる。

「はっ……離してっ……やだーっ」

涙声の絶叫に煽られる自分は、意外にSっ気があるんだろうか。発情期が来てから、十七年間知らなかった未知の自分に遭遇《そうぐう》しまくりだ。

「汚いよっ」

泣きながら訴えるみちるが、可哀想《かわいそう》で、かわいくて、胸の奥がぎゅんぎゅんする。

暴れて抗いたくても、急所を口に入れられた状態では、自分自身を人質に取られているのも同然だ。

胸を浅い呼吸で上下させてフリーズするみちるのペニスを、ざりっと舌で舐め上げた。

「はうっ」

白い体がのたうち、希月の髪を摑んでいる手に力が入る。

一度舌を使ってしまえば、最後の抵抗感もあっさり消えた。それからは、思いつく限りの愛撫を積極的に施す。裏筋を舐め、カリを舌で辿り、唇でシャフトに圧をかけ、皮を歯で擦った。ほどなく、じわっと青臭い味が口いっぱいに広がる。希月は先走りを漏らした亀頭を舐め回し、先端の小さな孔を舌先でつついた。

「ふ、ああっ」

みちるが背中を大きく反らす。それによって意図せずペニスを突き出す形になり、先端が喉の奥深くまで入ってきた。嘔吐《えず》きそうになるのを堪えて、根元を片手で擦り、もう片方の手で陰囊を揉み込む。

「あ……んっ……あっ」

三方向からの波状攻撃に、みちるが切なげに喘いだ。鈴口からはひっきりなしにカウパーが溢れて、限界が近いことを知らせている。口腔内のペニスも大きく膨らんで、いまにも弾けそうだ。

「……っ……あ、あ、あ、あ」

縋《すが》るように希月の髪を摑んだみちるが、ぶるぶると小刻みに体を痙攣させる。それが前震であったかのように、大きくぶるっと身震いした直後、口のなかのペニスがぱんっと弾けた。

「あぁ――ッ」

ぴしゃっと喉に叩きつけられたものを、脊髄反射でごくっと嚥下《えんげ》する。独特な味で、かすかなエグみはあったが、吐き出すほどじゃなかった。

「はぁ……はぁ」

しばらく放心していたみちるが、涙で濡れた目をぱちぱちさせ、掠れ声で訊く。

「の……んだ、の？」

「飲んだ」

肯定《こうてい》した希月が、口を手の甲で拭うと、信じられないといった面持ちで「うそ……」とつぶやいた。それには答えずにベッドから起き上がる。射精したみちるから、例の甘いにおいがひときわ濃厚に漂ってきて、歩くのが困難なほど前がビンビンに突っ張って苦しかったが、どうにか壁に作り付けられたクローゼットまで辿り着き、抽斗《ひきだし》のなかを探った。

（確か、ここに入れたはず……）

「あった」

この前、部屋を片付けた際の記憶を頼りに、ボディクリームの容器を探し出す。昨年の誕生日に女子からもらったプレゼントのひとつで、のちにピュアなシアバターを使った高額なクリームだと知り、処分することもできずに取ってあったものだ。

これなら体に悪くないはずだ……たぶん。

ベッドに戻り、まだ射精の余韻に脱力しているみちるの横で、容器の蓋《ふた》を開けてクリームを手に取った。手のひらであたためてやわらかくしてから、みちるの体を裏返す。俯せの体勢で腰だけを上げさせて、背中から覆い被さった。左右の尻のあいだに手のひらのクリームを塗り込むと、みちるが「な、なにっ」と狼狽えた声をあげる。

「しっ……」

耳許に囁きかけた。

「大丈夫……痛くしないから……少し我慢して」

宥め賺《すか》すように声をかけ続けているうちに、みちるが徐々に大人しくなる。さっき口のなかで達して、自分に精液を飲ませてしまったという負い目があるのか……。

その負い目を利用して、クリームを塗り込んだスリットを指先でマッサージし始めた。

なんでそうしたかといえば、昨夜、ここに自身を入れようとして果たせなかったからだ。もともと、それ用にできていない場所に強引に突っ込んでも、双方痛いだけだと学んだ。

昨夜同様に、素股で済ませるという選択肢もある。そのほうがお互い、楽に気持ちよくなれるということもわかっていた。

頭ではわかっていたけれど、体はそれで満足できそうにない。

昨夜より、もっと欲しい気持ちが強くて……。そして、それはみちるも同じ。それが、彼が無意識に発しているにおいの強さでわかった。

周辺がやわらかくなってきた頃合いを見計らい、窄まりにつぷっと指を差し入れる。

「ひあっ」

みちるが喉を反らした。孔はかなり狭かったけれど、クリームの効果か、指の根元まで一息に押し入れることができる。

「な、なん、で……そ、そんっ」

そんなところに指を入れるのかと言いたいんだろう。アナルセックスなんていう単語は、みちるの語彙《ごい》にはないはずだから、疑問を抱くのも道理だ。説明しても、ただちに理解してもらえるとは思えなかったので、心のなかで（ごめん）と謝りながら、黙って指を動かした。

「やっ……やだっ……気持ち悪……い」

指を二本に増やすと、取り乱した声が大きくなる。

「い、や……やあぁ……」

切れ切れの泣き声に胸が痛んだ。こんなにいやがっているのに、これ以上辛い思いをさせる必要があるのだろうか。迷いが生まれる。繋がりたいのは、自分の勝手な欲求で、みちるが本当にそれを求めているかはわからない。みちる自身、わかっていないだろう。

自分が、においからシグナルを感じ取っているだけだ。

もうやめようか。諦めて素股か……扱き合うか……。

そう妥協しかけた時、指の腹が、これまでとは違う感触を捉えた。ただやわらかい粘膜とは異なり、こりっとした硬い感触だ。そこを擦ったら、みちるがびくっと跳ねた。

「ふ、あっ」

これまでの声とは色合いが違う。試しに、もう一度擦った。

「あぁっ」

嬌声が溢れ、腰が揺れる。

「ここ……いいの？」

耳許に訊いた。

「わ、かんな、い」

困惑した様子で首を振るが、腰も一緒にうずうずと動いている。

（やっぱ……いいんだ）

確証を得た希月は、反応があったポイントを集中的に責めた。たぶん、前立腺ってやつだ。バスケ部の先輩が「男でもそこをマッサージされるとイッちゃうくらい超気持ちいいらしいぞ」と小鼻を膨らませて言っていた。彼が話題にしていたのはアナルセックスではなく、女性が性的サービスをする店の話だったが。

「ふっ……あっ……ぁん」

みちるが身を捩《よじ》って喘ぐ。明らかに、体内からの刺激で快感を覚えている。その証拠に、萎えて萎《しぼ》んでいたペニスが復活して、勃ち上がってきた。

「ンッ……フッ……」

気持ちよさそうに尻を揺らすみちるを見るにつけ、希月の欲望もマックスまで高まってくる。痛いくらいにガチガチで、いまにも下着のなかから飛び出しそうだ。

対照的に、みちるのなかがかなり解《ほぐ》れてやわらかくなってきたのを感じ取り、指をずるっと引き抜く。片手で自身のボクサーパンツを引き下ろすと、一物が跳ね馬のごとく勢いよく勃ち上がった。腹にくっつきそうなほど角度がつき、先端はカウパーで濡れている。

ボクサーパンツを足から引き抜き、全裸で膝立ちになり、四つん這いのみちるの尻を鷲摑みにして、センターから割り開いた。現れた窄まりに、濡れた亀頭を押しつける。ぴくんっとおののいたみちるの腰を両手で摑んで、ぐぐっと先端をめり込ませる。

「……、ぃっ……」

仰け反ったみちるが声にならない悲鳴をあげた。

(きつ……っ)

希月も眉を寄せて、奥歯を嚙み締める。

充分に解したとはいえ、元の絞まりが絞まりだ。まだ狭い。ぎちぎちに締めつけられて、顔が歪《ゆが》む。

「いっ……痛いぃっ」

みちるが泣き声を出した。

反射的に手を前に伸ばし、手探りでペニスを握る。みちるを楽にしたい一心で、赤ん坊をあやすようにやさしく扱いた。

「……ふっ……」

みちるが吐息を漏らす。ふにゃふにゃだったペニスに芯が戻ってきて、体の強ばりが緩んだ。それに従い、体内もちょっとずつ緩んでくる。

少し進めてはブレイクを入れ、また少し進めてはブレイク――その繰り返しで、ようやくすべてを収めることができた時には、二十分以上が経過していた。

ふたりとも全身汗だくで、息も絶え絶え。みちるに至っては、涙と洟《はな》で顔がぐちゃぐちゃだ。

(でもなんとか、傷つけずに挿入できてよかった……)

安堵《あんど》に脱力するのと同時に、やっと到達できたみちるの〝なか〟の心地よさにうっとりする。

ねっとりと包み込んでくる粘膜。

肉と肉がぴっちりと隙間なくはまり合う一体感。

自分が狂おしく求めていたものはこれだったのだと実感した。

飢えるほどに欲しかったのは、これだった。

どうしようもなく心が急いて、一秒も早く辿り着きたかったのは、ここだった。

みちるとはずっと一緒にいたけど、ここまで〝近づいた〟のは初めてだ。

胸の奥からジンと熱くなる。

しばらくじっとしていたら、みちるの〝なか〟がもどかしげにうねった。おそらく無意識の反射運動だと思うが、そのうねりに応えるように、ゆっくりと動き始める。

「あっ」

〝なか〟を擦られたみちるが悩ましげな声を出した。

はじめは慎重に、様子を窺いつつ動く。じりじりと腰を引いて、抜ける寸前に、今度はじわじわと押し戻す。緩やかな抽挿に、みちるの白い背中が震えた。

「みちる……気持ちいい？」

「わかん、な……」

「ここは、どう？」

擦る場所を変えてみる。「アッ」と嬌声が迸《ほとばし》り出た。みちるのリアクションで、ここがいいのだとアタリをつけて、そこを突いた。

「あうっ……ん」

鼻にかかった甘い声に、背筋がぞくぞくする。〝なか〟もきゅうっと締まって、引き絞られた希月は「うっ」と呻いた。

気持ちいい。こんなに気持ちいいの……初めてだ。脳がドロドロに溶けそう。

「は、あぁ……」

視線の先の白い背中がたわみ、肩甲骨《けんこうこつ》がくっきりと浮き上がる。浮かび上がった形のいい肩甲骨に、希月はくちづけた。

くちづけたまま、激しく腰を動かす。もはや様子見も、加減もできなかった。そんな余裕は微《み》塵《じん》もない。

貪るように粘膜を掻き混ぜ、突きまくる。希月の激しさに圧されたように、みちるがずるずると前進した。縋るようにベッドのヘッドボードにしがみつく。ボードに縋りついたみちるの二の腕を摑み、白い尻目掛け、腰を大きく前後に振った。なりふり構わないピストン運動に、尻と腰骨がぶつかる音がパンパンと響く。

ぶつかるたびに空気がびりびり震え、振り乱れたふたりの髪から汗が飛び散った。部屋にこもった熱気で、窓ガラスが曇る。

「あっ……ひっ……あっ……はぁ」

その瞬間は、不意に訪れた。

「あぁ――ッ」

あたりを憚らない声を発してオーガズムに達したみちるが、びゅっと射精して果てる。その際、ひときわ強く媚肉が収斂《しゅうれん》して、頭が白く霞んだ。

「……うっ……」

粘膜に締め上げられ、膨らみ切っていた欲望がどんっと爆発する。

「くっ……ぅっ」

一回では出し切れず、腰を突き入れながら、二度、三度と放出した。

「はぁ……はぁ」

タンクのなかのものをすべて出し切った希月は、同じように出し切って放心している幼なじみの白い背中を見つめる。

「みちる……」

掠れた声で名を呼んだ。みちるから返事はない。言葉も発せられないほどに、疲労し切っているんだろう。

余韻に震える背中の頼りなさに、胸の奥から、名前をつけられない感情が湧き上がってきた。

甘苦しさと愛おしさ、切なさが入り交じったような――初めて経験する情動に突き動かされた希月は、後ろから、みちるの細い体をぎゅっと抱き締めた。

6

◑神山みちる

自分が信じられない……。

希月と二日続けて、してしまった。

しかも、二度目のソレは、前日の行為よりも、さらに濃厚で生々しかった。

最中は、恥ずかしかったり、痛かったり、気持ちよかったり――とにかく心身ともに揺さぶられることの連続で、大変で、必死で、なにがなんだかよくわからない混乱のなかで果てたのだが、終わったあとで希月に、一度目のは俗に「素股」と呼ばれるもので、今日のが本当のセックスだと教わった。

挿入行為を伴ったエッチが、正式なセックスなのだと。

(つまり、自分は希月と本物のセックスをしたのだ)

そういえば一度目も、希月はお尻の孔に自分の性器を挿入しようとしていた。でも、自分があまりに痛がったのと、たぶん希月自身も痛くて、うまくいかなかった。

だから二度目の今日は、クリームを使って指で丁寧に解してから挿《い》れた。

それでも痛かったし、全部入るまでにかなり時間がかかって、入り切った時には涙と洟と汗に塗《まみ》れて顔がぐちゃぐちゃだった。挿入後もしばらくは、自分の体内に異物が入っている違和感がすごかったけれど、だんだん慣れて感じるようになってきて、最後は希月を受け入れた状態で達した。

ふたりで達して少ししてから、希月が「生でして出しちゃったから、なかから出さないと」と言い出し、一緒にシャワーを浴びた。浴室の壁に両手をつき、後ろに立った希月に、精液を指で搔き出されているうちに、また勃起してしまい——その場で立ったまま扱き合った。

降り注ぐシャワーの下、ずぶ濡れで舌を絡め合いながら、お互いのものを愛撫して……。

（賀門のおじさん、迅人《はやと》さん、ごめんなさい……）

家主が不在の賀門家で、不埒《ふらち》な行為に耽溺《たんでき》した自分に落ち込む。イニシアティブは希月にあったとはいえ、流された自分も同罪だとわかっていた。

一度目の夜は、無理矢理に近かったけれど、二度目の今日は……希月だけを責められない。

昨日のこともあって、どうなるか薄々わかっていたのに、希月の家に上がった。

賀門家に向かうあいだだって、本気で逃げようと思えば、逃げることができたはずだ。

なのに、自分は逃げなかった。唯々諾々《いいだくだく》と誰もいない家に連れ込まれ——案の定の展開。

しかも、そこで抵抗するどころか、みずから制服を脱いだ。

もはや言い逃れはできない。二回目は完全に合意だ。合意のもとのセックスだ。

浴室から出てからは、自分の体が自分のものじゃないみたいに力が入らず、足元もふらふらと覚束《おぼつか》なかった。そんな自分の体を、希月は黙って拭いて、ドライヤーで髪を乾かし、制服とコートを着せて、家まで送り届けてくれた。

かろうじて自力で二階まで上がり、自分の部屋に戻った瞬間、崩れ落ちるようにベッドに倒れ込んだ。以降、コートも脱がずに、ぼーっと天井を見つめている。

……自分も希月もどうかしてしまった。

いまの自分たちが思春期で、性欲が高まる時期だということは認識している。だからといって、顔を合わせるたびに発情してエッチしちゃうなんて、まるで動物だ。

自分たちは、いつの間にか、道を踏み外してしまった。

たぶん希月は、昨日の行為をきっかけにタガが外れてしまい、止まらなくなっているのだ。

その気持ちはわかる。自分だって同じだから。

人肌がこんなにもあたたかくて、キスが、愛撫が、セックスが、こんなにも気持ちいいなんて知らなかった。

自分みたいな人間が他人と、これほど深く繋がり合えるなんて、想像もしなかった。

今年に入ってから、希月とのあいだに距離ができて、ずっとぎくしゃくしていたから、その距離が急激に縮まって……肌と肌で触れ合えるなんて、なんだか夢みたいで……。

いま思い出しても、体が熱くなる。

希月とひとつに繋がっている一体感。

理性が吹っ飛ぶほどの快感。

ふたりで駆け上がって迎える絶頂の瞬間。

(でも)

気持ちいいからこそ、罪悪感も強い。

自分たちは男同士だ。世間一般の通念に照らし合わせればイレギュラーな関係で——高校生らしい健全な交際うんぬんの前に、そもそもの前提が間違っている。

希月の家族も、自分の祖父母も、自分たちがこっそりこんなことをしていると知ったら驚くし、ショックを受けるだろう。少なくとも、自分の祖父母は悲しむ。唯一血の繋がった肉親で、親代わりの祖父母を悲しませてしまうと考えただけで、居たたまれない思いに駆られた。

幼なじみで身近だから、手っ取り早い相手だからといって、不純な関係をだらだら続けるのはよくない。

「よくないんだ……」

呻くようにつぶやき、みちるは顔を両手で覆った。


尿意でふっと目が覚める。ぼんやりした頭と半開きの目で腕時計を確認すると、夜中の二時過ぎだった。

どうやら、あのままベッドで寝入ってしまったらしい。その前の日もほとんど寝ていなかったし、体力的に限界だったのかもしれない。

あわててコートと制服を脱ぎ、寝間着に着替えた。皺《しわ》になってしまった制服をハンガーにかけて吊す。トイレに行こうと部屋のドアを開けて、廊下に置かれたトレイを見つけた。トレイには、ラップに包まれたおにぎりがふたつ載っていた。

【よく寝ているようなので起こさずにおきます。目が覚めておなかが空いたら食べて】

おにぎりの横に、祖母の字でメモが添えられている。

「…………」

やさしい祖母に秘密を持ってしまった罪悪感に、ぎゅっと胃が縮んだ。

食欲はなかったけれど、手をつけなければ祖母が心配すると思い、トイレから戻ってきたあとでおにぎりを食べた。やや無理矢理に口に押し込んで呑み込んでから、皿を洗ってトレイを片付け、二階の自室に戻る。ベッドに入って目をつぶった。まだ疲れがだいぶ残っているのか、眠りの淵に睡魔に引っ張り込まれるように、ほどなく意識が遠ざかる――。

次に目が覚めたのは朝だった。

いつもの起床時間に起きたみちるは、だるかった体、重かった頭が軽くなっているのを感じた。

ぐっすり眠ったのがよかったのかもしれない。体力が回復したせいか、寝る前に胸を占めていた罪悪感の靄も、少し薄くなったような気がする。もちろん、きれいに晴れ渡るまでには至らないが。

味噌汁のにおいが漂う一階に降りて、洗面所に向かった。ぬるま湯でばしゃばしゃと顔を洗う。濡れた顔を上げたみちるは、鏡に映った自分に違和感を覚えた。

(あれ?)

しかし、その違和感が、どこから来るのかはわからない。首を傾げ、ホルダーからタオルを摑み取った。顔の水分を拭い取りつつ、いつもの場所に手を伸ばしたが、目的のものがない。顔からタオルを離し、壁に備え付けのラックを見た。

いつもは定位置のそこにあるもの——眼鏡がない。

きょろきょろと周囲を見回し、床に落ちていないかと屈《かが》んで探したが、見当たらない。

もしかしたら、そもそも洗面所に来た時点でかけていなかった?

そういえば、起きぬけに眼鏡をかけた記憶がない。なんでかけなかったかと言えば、手許に眼鏡がなかったからだ。

(いつからないんだ?)

洗面所に立ち尽くして、眼鏡に関連する記憶を辿る。

……そうだ。昨日、タコ公園で希月と揉み合った際に外れて吹っ飛んで、そのまま拾わずに希月の家に行った。きっと、まだ公園に落ちているんだ。行きがけに寄って回収していかないと。

場所のアタリはついたが、かなり進んだ近視の自分は、眼鏡がないとなにもできない。ひとつ前の眼鏡もフレームが壊れて処分したので、予備の眼鏡もない。

(困ったな)

眉根を寄せながら、ちらっと鏡を横目で見た――その段でようやく気がついた。眼鏡がなくても視界がクリアだということに。

それが、さっき感じた違和感の正体だった。

(……見えてる)

だから不便を感じず、さっきまで眼鏡をかけていないことに気がつかなかったのだ。

「……どういうこと?」

物心ついた時から視力が弱く、小学校に上がる前には眼鏡で矯正していた。成長するに従って視力は落ちるばかりで、どんどんレンズはぶ厚くなり、いわゆるビン底眼鏡だった。

それが突然視力がアップするなんてこと、あるんだろうか。

レイシックなどの手術も受けずに?

謎だったが、ひとつわかっているのは、この視力だと前の眼鏡では度が合わないということ。

出費は痛いが作り直すしかない。

「おはよう、みちる」

台所と繋がっている食堂に顔を出すと、割烹着《かっぽうぎ》姿の祖母が声をかけてきた。

「お……おはよう」

なんとなく気まずくて、目を合わせずに挨拶《あいさつ》をする。いつもの席に着くと、すでに食卓に着いて朝刊を読んでいた祖父が、老眼鏡越しにみちるを見た。

「眼鏡はどうした」

寡黙《かもく》な祖父が尋ねてくる。

「あら、本当。どうしたの？」

ご飯茶碗をお盆に載せて運んできた祖母が、重ねて問うてきた。

「ちょっと……度が合わなくなっちゃって」

「そう……また進んじゃったのかしらね」

孫の近視がますます進行していくのを懸念《けねん》してか、祖母が顔を曇らせる。当たり前だが、目がよくなったとは思わないのだろう。

「眼鏡なくても平気なの？」

「今日は終業式だけだから。帰りにいつもの眼鏡屋さんに寄ってくる」

「お金は大丈夫？」

「うん。お小遣いの残りが貯まっているから、そこから出すよ」

実際、使うあてがないので、毎月の小遣いの累積《るいせき》がけっこうな金額になっていた。

その後、朝食を済ませ、身支度を整えて玄関を出る。

「行ってらっしゃい」

祖母に送り出されて門から外に出たみちるは、道の端に立っていた希月に驚き、ぴくんっと跳ねた。

クリアな視界で捉える幼なじみは、朝の日差しのなか、ひときわ輝いて見える。

均整の取れた八頭身。すらりと長い手足。少し癖のある明るい色の髪。くっきりとした二重の目と高い鼻。肉感的な唇。ここ最近見せるようになった大人びた憂《うれ》いと、少年期の残り香を思わせるほんのわずかな稚気《ちき》が、絶妙に同居する面差し。

制服の肩にスクールバッグをかけた長身は、今日もコートを着ていない。今朝はかなり冷えるのに、マフラーさえ巻いていなかった。寒さにめっぽう強い幼なじみが、日差しが眩《まぶ》しいのか、じわりと目を細めて「……おはよう」と挨拶をしてくる。

「……おはよう」

なんだか気恥ずかしくて、挨拶を返す声が掠れた。

世間の人たちは、セックスした翌日、どうしているんだろう。いままで考えたこともなかった疑問が湧く。

なにごともなかったフリ？　できるだけ自然な振る舞い？

どちらにしても、自分にはハードルが高い。

考えれば考えるほど、どんな態度を取ればいいのかがわからなくなって、みちるはフリーズした。一方の希月は、双眸《そうぼう》を細めたまま、しばらくみちるの引き攣った顔を見つめていたが、ふと気がついたように「眼鏡は？」と尋ねてくる。

「……タコ公園」

「タコ公園？」

訝しげに鸚鵡返しにした直後、「あっ」と声を出した。

「そっか。昨日の……ごめん」

みちるは、ふるっと首を横に振る。

「裸眼《らがん》で大丈夫なのか？」

「……平気」

「とりあえずタコ公園に寄って眼鏡を探そう」

「うん」

うなずいて歩き出したが、眼鏡で矯正《きょうせい》していた視力と現在の視力はどうやら度数が違うらしく、足元が覚束ない。と思っていたら、小さな段差に躓《つまず》いてつんのめった。

「うわっ」

「危ない」

希月が横からさっと手を出して支えてくれる。

「あ、ありがとう」

おかげで転倒を免れたみちるは、礼を言って、さっと体を引いた。触れ合っていたらまた、おかしな気分になってしまいそうだったからだ。

「本当に大丈夫なのかよ?」

「……大丈夫」

そのやりとりを最後に、会話が途切れた。みちるは俯き加減に、一メートルほど前方を見据えて歩く。さっきみたいに躓くのが怖いというのもあったが、希月の顔をまともに見られないせいもあった。

見たら、きっと思い出してしまう。

お互いの体を貪欲に貪り合った、昨日の一部始終を――。

希月からもそれ以上は話しかけてこず、会話らしい会話もないままに、タコ公園に到着した。

ふたりで手分けして眼鏡を探す。

「あった!」

植え込みの陰に落ちていたのを、希月が発見してくれた。

「ありがとう」

「いや、もともとは俺のせいだし……」

ばつが悪そうな希月の傍らで、みちるはほっと息を吐く。

よかった。これでフレームを買わなくても済む。

念のためにかけてみたら頭がクラクラした。やっぱりレンズを変えなきゃ駄目だ。

眼鏡を外してスクールバッグに仕舞うと、希月が不思議そうに「かけねーの?」と訊く。

一瞬、本当のことを言おうか、どうしようかを迷った。

でも、急に見えるようになったなんて言ったら、脳のどこかに障害があるんじゃないかと、希月に余計な心配をかけてしまうかもしれない。

そう思ったみちるは、「蝶番《ちょうつがい》のねじが緩んでるみたいで、緩いんだ」と言い訳した。

「放課後に眼鏡屋さんに行って直してもらうよ」


学校に着いて、希月と一緒に教室に入ったみちるは、クラスメイトたちの普段とは違う反応に戸惑った。

女子が希月を目で追うのはいつものことだが、今日はなぜか自分に視線が集まっている。こんなこと、高校に入ってから一度もなかった。中学でも、小学校だって……。

(な、なに?)

心臓が不穏な音を立てる。どこか……変なのか。顔になにかついているとか? でも、もしそうだったら希月が教えてくれたはずだ。

集まる視線に居心地の悪さを感じつつ、おどおどと自分の席に着く。

「ねえ」

隣の席の女子に話しかけられて、驚きのあまり、飛び上がった。スクールカーストの上位に属する彼女とは、かれこれ数ヶ月隣同士だが、これまで話したことがなかった。

「は、はいっ」

思わず裏返った声で応える。

「コンタクトにしたの？」

「え？　……ううん」

首を横に振ってから、質問の意味に気がついた。眼鏡をかけていないから？

「そうなんだー。でもいい感じ。きみさ、眼鏡じゃないほうがいいよ」

人なつっこい口調で話しかけられて、戸惑いながらも、「そ、そう？」と聞き返す。

「うん。せっかくきれいな顔立ちしているのに、隠しちゃうのもったいないよ」

（きれいな顔立ち？）

びっくりしすぎて口が半開きになった。

「どうしても眼鏡がいいなら、せめてさー、もうちょっとマシなフレームにしなよ。眼鏡男子も、似合ってるなら需要あるんだし」

うれしい気持ちよりも慣れない褒め言葉に対する居心地の悪さのほうが勝って、親切にアドバイスしてくれる彼女の声も、右から左へ素通りしていく。

だって、きれいとか、生まれてから一度も言われたことがない。

キモいチビ。ダサ眼鏡。ネクラ。長年言われ続けて、傷つくこともなくなっていた。

その自分がきれい？

ちょっと信じられなかったが、終業式のために体育館に向かう途中の廊下でも、擦れ違うみんなの視線を感じた。なかには、わざわざ振り返ってまで見る生徒もいる。それも、男女問わず。

体育館でも、あちこちからの視線を感じた。

眼鏡をかけていないだけで、こんなにも注目を浴びてしまうとは思わなかった。

終業式のあいだじゅう、居たたまれない心地で過ごす。

式が終わって教室に戻ると、担任から通知表が配られた。期末テストの答案用紙も返却される。さっき体育館から戻ってくる際に、廊下に張り出された総合順位を見たが、自分は学年で二十八位、希月は五位だった。

希月と同じ進学コースの「特進」クラスに残るためには、三十位以内がノルマなので、それはクリアできてほっとした。正直、今回の試験は、心が乱れて勉強に身が入らなかったから、ノルマ達成は厳しいかと思っていた。得意な教科と苦手な教科の落差が激しい自分は、トータルでは目立った結果を出せない。その点、希月は得手不得手《えてふえて》がなく、満遍《まんべん》なく全教科で高得点を叩き出せるポテンシャルがある。

これで、二学期の全行事が終了した。明日からは冬休み。

休みのあいだは希月と会えない。夏休みも希月から連絡はなかったから、きっと冬休みもそうだろう。

（……冬休み……か）

ひとりぼっちで年末年始を過ごすのは寂しいけれど、今回は、少しほっとしている自分もいる。

希月とこれ以上一緒にいたら、自分がどんどんおかしくなってしまいそうで……。

やっぱり、距離を置いたほうがいいのだ。お互いクールダウンするためにも、冬休みというインターバルはちょうどいいのかもしれなかった。

（でも、今日は一緒に帰ろう。キヅの時間が許すなら眼鏡屋につきあってもらって）

年内では、希月と過ごす最後の時間になるかもしれないから。

せめて「よいお年を」くらい言いたいし……距離を置くのは明日からだ。

そう自分に言い訳をして、担任が去ったあとの、解放感でざわつく教室を見回す。

「駅前のカフェでパンケーキ食べない？」

「行く行く！」

「冬休みどっか行くの？」

「バイトだよ、バイト。稼ぐぞー！」

いつもよりテンション高めのクラスメイトたちのなかに、希月の姿はなかった。

（どこに行ったんだろう）

希月の席まで近寄ってみると、スクールバッグが残っている。ということは、教室に戻ってくるということだ。自分の席に戻ってしばらく待ってみたが、戻ってこない。なんとなく落ち着かない気分になり、みちるはふたたび立ち上がった。

まだ校内にいるはずの希月を捜すために、教室を出ようとして、後ろから声をかけられる。

「帰るの？」

びくっとして振り返った。今朝話しかけてきた隣の席の女子だ。

「あたしらカラオケ行くんだけど、一緒に行かない？」

「えっ……」

放課後、双子以外に誘われるのなんて初めてだ。しかも、クラスでも一番目立つグループのメンバーからの誘いかけ。なんだか今日は本当に不思議な日だ。

「あ、ありがとう……でも……」

「あー、帰りいつもキヅくんと一緒だもんね。じゃあ、また今度。よいお年を～」

気を悪くしたふうでもなく、明るく手を振ってくれる。つられて小さく手を振り、そんな自分が急に恥ずかしくなって、みちるはこそこそと教室を出た。

校内をあてどなく彷徨《さまよ》う。部活をやっていた頃なら、バスケ部の部室とか、体育館とか、目星がついたのだろうが、いまはどこにいるのかまったくわからない。そういえば、昼休みにどこに行っているのかも知らなかった。

幼なじみなのに、自分は最近の希月についてなにも知らない……。

そんなことを改めて思い知らされた。

思いつく限りの場所を当たり、すべて空振りに終わって、もう見つからないかもしれないと諦めかけた頃、体育館の裏に希月の姿を認める。

「キ……」

みなまで言わずに声を呑み込んだ。

希月はひとりじゃなかった。色白で栗色のストレートのロングヘアの女子生徒と向かい合って立っている。

希月は後ろ姿だったが、女の子の顔は見えた。頬を染め、恋する乙女の眼差《まなざ》しで希月を見つめる女子生徒は、アイドル並にかわいかった。見たことがない顔なので、下級生かもしれない。

(……告白?)

明日から冬休みだし、クリスマスが近いから、たぶんそうなんだろう。

これまでも何度か遭遇したシーン。でも、今回の子はダントツにかわいい。

(こんなにかわいかったら……さすがのキヅもつきあうかも)

そう思った瞬間、胸がぎゅうっと締めつけられた。万力《まんりき》でギリギリと締め上げられるような痛みに耐え切れず、くるりと踵を返し、その場から立ち去る。

教室に戻ってスクールバッグを掴み、ひとりで校門を抜けて駅まで歩いた。胸がドキドキして息が苦しい。

希月を置いてきてしまったことに気がついたのは、電車に乗り込んでからだった。

希月は自分を捜すだろうか。毎日一緒に下校していたのだから、捜す可能性は高い。

眼鏡ショップに行くから先に帰ると、希月の携帯にメッセージを入れるべきだ。頭ではわかっていたが、動揺が激しくて手が震え、文章が打てない。それに、さっきの女の子と一緒に帰るかもしれないし……もしそうなら余計なメッセージだ。

迷っているうちに渋谷《しぶや》に着いてしまい、駅近の雑居ビルに入る。

ビルの五階にある、現在使っている眼鏡を購入した眼鏡ショップで、「眼鏡の度が合わなくなってしまったみたいなんですけど」と事情を説明して検眼をしてもらった。

「視力は、左右ともに2・0ですね」

若い男性の検眼士に言われてぽかんとする。

「え？」

なにかの間違いじゃないかと思ったが、渡された紙にも【右：2・0／左：2・0】と記されていた。

「この視力でしたら、遠視《えんし》というほどではありませんし、眼鏡は必要ないと思いますよ」

「あの……突然、視力が回復することってあるんでしょうか」

「そうですね、お客様の場合、乱視もなく、まだお若いですから、可能性はゼロとは言えません。遠くを意識的に見続けていただけで劇的に視力が上がることもありますし、視力回復トレーニングで改善されるお客様もいらっしゃいます」

「……そうですか」

意識的に遠くを見ていた覚えもなければ、視力回復トレーニングをしたわけでもないので、彼の説明で納得できたわけではなかったが、視力の回復は悪いことではない。なにより、ずっと手放せなかった眼鏡——しかも年々レンズが分厚くなって重くなっていた——から解放されるのだ。

せっかく希月がタコ公園で見つけてくれた眼鏡だけど、レンズを交換することなく、眼鏡ショップを出る。

エレベーターから降りたところで、ピロンと携帯が鳴った。メッセンジャーアプリの着信音だ。制服のポケットから取り出すと、ホーム画面に【希月】の名前があり、電話の不在着信が数件並んでいる。検眼していて気がつかなかったが、何度か電話をくれていたらしい。メッセージも二通届いていた。

ドキドキしながらアプリを開く。

【いまどこ?】

【連絡くれ】

希月が自分を捜している。ということは、告白は断った?

一瞬、気持ちが浮上して、返信しようかと思ったが、すぐに思い直した。

(駄目だ。もう会っちゃ……駄目だ)

明日からのつもりだったけど、今日から実行したほうがいい。

だって自分はどんどんおかしくなっている。見慣れていたはずの告白シーンに、こんなに動揺してしまうなんて、おかしい。変だ。

ここで希月に会ったら、きっと、もっとおかしくなってしまう。

我を見失い、まだ残っている昨日の情事の余韻に引き摺られて、また体を重ねてしまうかもしれない。

そんな気持ちの伴わない、刹那的な行為を繰り返しても不毛《ふもう》なだけ。

希月は早く自分を取り戻して、今日告白してきた子みたいな、かわいい彼女を作るべきだ。どんな子だって、その気になれば選び放題なんだから。

携帯の電源をオフにして、制服のポケットに戻す。

これからどうしよう。家に戻れば、希月が門の前で待っているような気がした。

家には帰れない。少なくとも、希月が諦めるまでは。

渋谷の街はすごい人出だった。年末が近いし、今日から冬休みの学生も多いし、それに、もうすぐクリスマスだ。ぴかぴかのイルミネーションや店頭の飾りつけ、店から流れてくるクリスマスソングで思い出す。あまり自分に関係のないイベントなので、すっかり忘れていた。

人混みのなか、しばらく渋谷の街をうろついてみたが、自分が時間を潰せるような場所は書店かネットカフェくらいだった。書店で二時間ほど時間を潰してから、比較的入りやすそうなネカフェを探して入る。

指定されたブースに入り、フリードリンクのあたたかい紅茶を啜《すす》りながら、机に設置されたディスプレイ画面をぼんやり眺めた。

(もう、会わないほうがいいんだ)

もう一度、胸のなかで繰り返す。

幼なじみと親友をいっぺんに失うのは辛いけれど……こうなってしまった以上、仕方ないんだ。離れるのが希月のためなんだから。自分の存在は、希月にとってマイナスでしかないんだから。

自分に言い聞かせているうちに、目頭が熱くなってきた。涙の膜で視界が滲む。

目の前のディスプレイ画面に、学校で見た希月と女の子の姿が浮かび上がった。

釣り合いが取れていて、誰が見てもお似合いのふたり。

あの子とつきあう希月を想像する。

手を繋いで……キスをして……抱き合って……セックス。

想像が進むにつれて、だんだん胃がむかむかしてきた。気持ち悪い。吐きそうだ。胸に湿った綿がぎゅうぎゅうに詰まっているみたい。息ができない。

生まれて初めて知る息苦しさに、みちるは困惑した。

なに、これ。

体のなかにどろどろしたものが渦巻いて、居ても立ってもいられない……この感じ。

(まさか……嫉妬《しっと》?)

天啓《てんけい》のような閃《ひらめ》きに、椅子のなかの体をびくっと震わす。

嫉妬。ジェラシー。焼きもち。

この感情がもしそうならば、ぼくは……希月が好きなのか?

いや、それはもちろん好きだ。幼なじみだし、親友だし、好きに決まっている。

でも。

これはもう、その〝好き〟じゃない。そんな清らかな〝好き〟じゃない。

本当は心の奥底ではわかっていた。

だって、そうじゃなかったら、あんなふうに見つめられただけでドキドキしない。

手を繋いでふわふわしない。

キスで発情したりしない。

流されてセックスなんてしない。

普通の好きなら……全部しなかった。途中で引き返せた。ここまで追い詰められることもなかった。

好きだから、受け入れた。

好きだから、流された。

好きだから、ひとつになれて幸せだった。

希月とセックスした時の自分は、気持ちいいだけじゃなかった。幸せだったんだ。

（キヅが……好きだ）

峻仁みたいに気遣いができたり、わかりやすくやさしいわけじゃない。言葉だって乱暴だし、態度もぶっきらぼうなことがある。でも、いざという時は、必ず手を差し伸べて、さりげなく支えてくれる。

峻仁がいなくなったショックで泣いていた時も、諦めそうになった自分を励まして、くしゃくしゃのハンカチを渡してくれた。

そんな希月が、好きなんだ。

（好きなんだ……）

報われることのない、切ない想いを噛み締める。

同性の幼なじみに恋心を抱いてしまった自分がやるせなくて、じわっと涙が出た。

自覚してしまった気持ちを、希月に知られるわけにはいかない。もう一度、心の奥深くに封印するしかない。この先、ただの友人に戻るのならばぜったいに。

（そうだ）

普通の友人に戻れば、一緒にいられる。

閃いたかすかな希望に、みちるは縋った。ネガティブに、離れることばかり考えていたが、もとの関係に戻る可能性だってないわけじゃない。

気持ちを殺して側にいるのは辛いけれど、会えなくなるよりはマシだ。希月を完全に失うよりはぜんぜんいい。

だけど、そんなことできるのだろうか。

思春期まっさかりの希月にブレーキをかけられるのか。

とにかく、物理的な距離を置くことだ。近づいちゃ駄目だ。

もしかしたら、冬休みで離れている期間に、希月も冷静になって、衝動が収まるかもしれない。

もともと自分との関係は、アクシデントみたいなものなんだから。

そうなったら、もう一度ただの幼なじみに戻って、少なくとも高校生のあいだは一緒にいられるかもしれない。

あれこれ考えていると、あっという間に時は過ぎ去っていった。朝食以降、なにも食べていないが、食欲はまるで湧かず、フリーフードにも手をつけないまま、終電の時間を迎えてしまった。

祖母には朝、放課後に眼鏡屋に寄ると言ってあるけれど、その後は連絡を入れていない。携帯の電源をオンにしたら、希月から電話がかかってきそうで怖かったからだ。

（きっと、ふたりとも心配しているだろうな。帰ったら謝らないと……）

会計を済ませてネットカフェを出たみちるは、駅に向かって歩き出した。

遅い時間のせいか、はたまた繁華街の中心地から少し外れた場所のせいか、渋谷といえども人通りは少ない。

（たぶん、ここを突っ切るのが早い）

腕時計で終電までの時間をチェックしながら、公園に足を踏み入れた。

外灯が等間隔に、ぽつ、ぽつと立っているだけで、全体的に薄暗い公園のなかを急ぎ足で歩いていくと、向こうからふたり組の男が肩を並べて歩いてきた。擦れ違うポイントがちょうど外灯の下だったので顔が見える。ふたりとも、お世辞にも人相がいいとは言えなかった。なにより目つきがよくない。

ひとりはかなり大柄で太っており、頭はスキンヘッド。もうひとりは対照的に痩《や》せ形で、メッシュの入った長髪。服装も、太った男が革ジャンに革のパンツで、痩せた男は派手な刺繍《ししゅう》が入ったジャンパーにスウェット。双方ともに、耳や首、手首にシルバーのアクセサリーを山ほどぶら下げている。

人を見かけで判断してはいけないが、明らかに危険な感じがしたので、足早に通り過ぎようとした時だった。

「ひゅーっ」

擦れ違った直後、口笛を吹かれてびくっと足がすくむ。その隙に男たちが引き返してきて、両側から挟み込まれた。ぷんとアルコールのにおいが鼻につく。かなり酒が入っているようだ。

「ひとり？」

瘦せた長髪が、濁った目を近づけて訊いてきた。

「…………」

答えずに首を縮めるみちるに、今度はスキンヘッドが顔を近づけてくる。

「こんな時間に制服でうろついてちゃ危ないなあ。俺たちが駅まで送ってあげるよ」

しゃがれた声で囁かれ、ふーっと酒臭い息を吹きかけられて、背中がぞわっとした。

「け、け、けっこうです」

震え声で断り、歩き出そうとしたが、スキンヘッドに二の腕を摑まれてしまう。

「おっと！　逃げなくたっていいじゃん。ちょっと俺らと遊ぼうよ」

「は、放してください！」

振り解こうとしたら、逆にぐいっと引き寄せられ、クンクンと首筋のにおいを嗅がれた。

「なんかさ、すげーいいにおいするんだよな」

「そうそう。ソソるにおいってやつ？」

男たちがにやにやと下卑《げび》た笑いを浮かべる。

「色白ちゃんだし、顔は女みたいだしな」

「制服ってなんでか興奮するよなー」

「おま、ロリコン！」

「は、放してっ」

声を張って抗う。するとスキンヘッドが「暴れるなよ」と低音で凄み、口を手で塞いだ。

「うっ……うぅ」

そのままずるずると引き摺られ、公衆トイレの陰の暗がりへと連れ込まれる。どんっと突き飛ばされた反動でスクールバッグが吹っ飛び、地面に尻餅をついた。あわてて起き上がろうとしたが、長髪に胸を蹴られてひっくり返る。

「うあっ」

長髪が飛びかかってきて、慣れた手つきで、口のなかにハンカチらしき布を押し込んできた。

「ふっ……ぐうっ」

喉の奥まで入ってしまった布に苦しんでいると、長髪がみちるの両足首を摑み、膝の上に乗り上げてくる。

「暴れないように両手、押さえてろよ」

「りょーかい」

スキンヘッドが後ろに回ってきて、みちるの両腕を摑んで羽交《はが》い締《じ》めにした。口と両腕、両脚の自由を奪われたみちるは、必死に体を揺すったが、長髪は意に介さず、ベルトに手を伸ばしてくる。バックルを外し、制服の下衣を下着ごと引き下ろされた。

「……っ……」

いきなり冷気に晒されたショックと恐怖で、ペニスと睾丸がきゅうっと縮み上がる。

少し前なら、自分がこれからなにをされるのか、理解できなかったかもしれない。だが悲しいかな、現在《いま》の自分にはわかる。

男の自分でも、同性の欲望の対象になること。

男たちが、いまから自分を犯そうとしていることが――。

わかるからこそ、体に戦慄《せんりつ》が走り、全身の毛穴という毛穴から脂汗《あぶらあせ》が滲み出た。

「へへっ……ピンクのおちんちん、かわいいねー」

制服の下衣と下着を足から引き抜いて放り投げた長髪が、自身のスウェットを太股まで下ろす。

グロテスクな性器を剝き出しにした男は、自分で数回扱いてから、みちるの両足首を摑んだ。脚を開いて体を折り畳む。

「おー、アナルもピンクじゃん。ラッキー」

発酵《はっこう》した臭気が顔にかかった。

「バージンかな」

「そりゃそーだろー。こんな初心そうなかわい子ちゃん」

「たまらんな。早く俺にも回せよ」

「へいへい。いっただっきまーす」

窄まりに性器の先端を押しつけられて、声にならない悲鳴が漏れた。

「……フッ……うぅーっ」

（助けて！　誰か！　キヅ!!）

心のなかで叫んだって希月に届かないことはわかっていた。それでも、叫ばずにいられなかったのだ。

（キヅ……お願い……助けて！）

けれどやはり現実は無情で……届かなかった。心の声は届かなかった。

「……ッツ……」

めりめりっと体を割られる痛みに、血の気がざーっと引き、頭が真っ白になる。涙がぶわっと溢れた。

涙でけぶった視界に、皓々と輝くまるい月が映り込む。

欠けるところがひとつもない満月。

まんまるな月を認識した――刹那、ドンッと心臓が大きく脈打つ。カーッと体の中心から発した熱が、あっという間に全身に広がる。もはや痛みは感じない。

熱い。熱い。熱い……！

急激な発汗に体が濡れ、細かい痙攣が全身を襲う。

体の内側から溶けていくような感覚。

内臓も骨も肉も、すべてがドロドロに溶けていく――そんな錯覚に囚われ、みちるは惑乱《わくらん》した。

自分の体にただならぬ異変が生じているのはわかるが、なにが起こったのかは理解できない。

（なに？）
（なにが起こっている？）
（一体なにが……！）

◐賀門希月

朝、下駄箱のなかに、下級生の女子からの手紙が入っていた。ピンクの封筒を、みちるに気がつかれないようにスクールバッグに入れた。内容は読まなくてもわかる。

面倒くさかったが、相手は真剣なのだからきちんと顔を合わせて返事をするのが男としてのマナーだと、父から教えられている。スルーなど言語道断《ごんごどうだん》。

放課後、みちるにはなにも言わずにそっと教室を抜け出し、手紙をくれた女子生徒の教室に行って、彼女を呼び出した。明日から冬休みなので、今日中にカタをつける必要があった。

人目に触れない場所がいいだろうと思い、体育館の裏まで行って、告白を受けた。

彼女の思いの丈を全部聞いたあとで、「ありがとう。でも、いまは誰かとつきあったりとか、そういう気持ちになれないんだ」と正直に告げた。彼女が泣き出したので、やっぱりこの場所にしてよかったと思った。彼女だって、自分がフラれて泣いているところを第三者に見られたくないだろう。

彼女が泣きやむのをじっと待つ。ハンカチで涙を拭いながら「これからも廊下で会ったら挨拶してもいいですか」との伺《うかが》いに「いいよ」と答えたら、やっと笑顔になった。

ひと仕事終えた気分で教室に戻ると、みちるがいなかった。

まだ残っていたクラスメイトに「みちる、見なかった？」と訊く。

「神山？　ちょっと前に、ひとりで帰ってったよ」

（ひとりで帰った？）

いままでそんなこと一度もなかったから、まさか先に下校されるとは思わなかった。

油断した！

あわててスクールバッグをひっ摑み、教室を出て、駅までの道を走る。同じ制服の学生が点在する通学路にみちるの姿はなく、見つけられないまま、駅に着いてしまった。

改札の前でスマホを取り出し、みちるにかけた。……出ない。留守番電話サービスに切り替わったので切った。

電車に乗り、降車した最寄り駅でもう一度かけたが、やはり出なかった。駅からの道すがら、さらに電話をかけるも通じず。

ついにみちるの家まで来てしまった。

「あら、希月くん。今日はみちると一緒じゃないの？」

玄関口に出てきたみちるのお祖母さんが、不思議そうに尋ねる。

「ちょっと……行き違いがあって……」

「そうなの？」

不安そうな顔になったお祖母さんが、「みちると喧嘩した？」と訊いてきた。

「えっ……なんでですか？」

「最近、みちるの様子が少しおかしかったから……部屋にこもって出てこなかったり、食欲もないみたいだし……希月くんとなにかあったのかしらって心配していたのよ」

そう言われて、急に気まずくなる。〝なにか〟はあった。喧嘩ではないけれど。

「喧嘩とかじゃないです」

「そう……ああ、そういえば、帰りに行きつけの眼鏡屋さんに寄るって言ってたわ。度が合わなくなったからって」

お祖母さんの言葉で思い出した。そうだ。朝の公園で、「蝶番のねじが緩んだから、放課後に眼鏡屋さんに行って直してもらう」と言っていた。

それにしても、なんで自分を置いて、ひとりで行ったのかが謎だ。

昨日はあんなに――ひとつに溶け合って、今朝だって恥ずかしそうにはしていたけど、雰囲気は悪くなかったのに。

「その眼鏡ショップの名前、わかりますか？」

「名前はわからないけど、確か渋谷のお店だったと思うわ」

(じゃあいま、渋谷にいるってことか)

「詳しい住所とかは……」

「そこまではわからないわ」

「わかりました。俺も捜してみますけど、行き違ったままみちるが帰ってきたら、連絡するように伝えてもらえますか？」

お祖母さんにそう告げて、門から出たところでメッセンジャーアプリを開き、メッセージを入れた。

【いまどこ？】

【連絡くれ】

一分ほどスマホを片手に待ってみたが、返信もなければ、既読もつかない。

「くそ……なんだよ？　スルーかよ」

苛立ちが、つい声に出る。

なんで急に、みちるの態度が変わったのかわからない。

少なくとも朝までは普通だった。

それが突然ひとりで帰ったり、電話に出なかったり……意味がわからなかった。

だけど、まだ故意かどうかはわからない。自分が黙って教室から消えたから、先に帰ったと思って、ひとりで渋谷に向かった可能性はある。みちるの視力で眼鏡がないのは不便だろうし。

その後は単に携帯を見ておらず、着信に気がついていないだけかもしれない。

気がついたら連絡を寄越《よこ》すかもしれないから、ひとまずはそれを待とう。

そう自分に言い聞かせて自宅に戻り、私服に着替えた。

脱いだ制服をハンガーにかけてから、いま一度スマホをチェックする。

(既読になってる!)

しばらく待ってみたが、レスはなかった。

つまり、わざとスルーしてるってことだ。

「なんなんだよ……」

故意だとわかった瞬間から、胸がざわつき始める。なにをするにもイライラしてしまい、一《ひと》所《ところ》に落ち着いていられなくなった。居ても立ってもいられないとは、まさにこのことだ。

気が逸ってじっとしていられず、四時過ぎには母に「ちょっと駅前の本屋まで行ってくる」と告げて家を出た。書店で本を買い、駅前のファミレスでその本を読みながら時間を潰しつつ、定期的に何度もスマホをチェックしたが、みちるからは梨の礫《つぶて》。

ドリンクバーで粘るのも限界が来て、夜の九時過ぎに、もう一度みちるの家に行った。

「まだ帰って来ないのよ。連絡もないの」

眉をひそめたお祖母さんが、不安そうに訴えてくる。

おかしい。眼鏡ショップに寄ったとしても時間がかかりすぎだ。

用事を済ませたあと、渋谷に出たついでに買い物をしている？　映画を観ているとか？

それにしたって、そろそろ帰って来てもいい頃だ。

「携帯にかけてみますね」

そう言ってスマホを取り出し、みちるの携帯に電話をかけてみる。ブツッという通話音のあとに流れてきたのは――。

【おかけになった電話は、電波の届かない場所にあるか、電源が入っていないため、かかりません】

このガイダンスが流れるということは、圏外にいるか、電源がオフになっているかだ。

「携帯の電源がオフになっているみたいで繋がらないんで、俺、心当たりを捜してみます」

お祖母さんにそう言って、希月は池沢邸を辞した。

胸騒ぎがする。

不慮《ふりよ》の事故とか、なんらかのトラブルに巻き込まれているんじゃないのか？

一度そう思ってしまったら、その可能性が頭から離れなくなる。

矢《や》も楯《たて》もたまらず、希月は駅までの道程を走って引き返した。電車に乗って、渋谷まで出る。

「……やべーな」

駅の改札から出た希月は、年末の渋谷のおびただしい人の数を目の当たりにし、においでみちるを捜そうと考えていた自分の甘さを思い知った。

こんな大勢の人間のなかから、たったひとりのにおいを嗅ぎ取るなんて無理だ。

それでも……無理でも……やるしかない。

不幸中の幸いと言おうか、今夜は月齢十五日——満月だ。

人狼としての力《パワー》を最大限に活かすことができる。

捜し出した結果、取り越し苦労だったなら、それはそれでいい。

でもとにかく、まずはみちるの顔を見て、胸騒ぎを鎮めたい。

焦燥に背中を押されるように、希月は人波を掻き分けて歩き出した。

クリスマスソングの洪水《こうずい》と雑踏のなか、闇雲《やみくも》に歩き回る。

スマホのマップを頼りに、道という道を一本ずつ確認していった。中心の繁華街から、徐々に人通りが少ない場所へと範囲を広げていく。三時間近く練り歩いただろうか。

しかし、みちるのにおいとも、みちる自身とも遭遇できない。

やはり無謀《むぼう》な試みだったかと、失望に支配され始めていた希月の肩が、ぴくっと揺れる。

かすかではあったが、みちるのにおいの尻尾を捉えたような気がしたからだ。立ち止まり、嗅覚に全神経を集中して鼻を蠢《うごめ》かす。

間違いない。あの、甘いにおい——みちるのにおいだ！

（こっちだ！）

においを辿って走り出す。かすかに残るにおいをトレースしつつ、薄暗い公園に駆け込んだ時だった。

「うわーっ」

男の絶叫が暗闇に響き渡る。

「ぎゃーっ」

別の人物のものと思われる悲鳴が、さらに聞こえた。

（みちる⁉）

ドクッと心臓が跳ねる。なにがあったんだ？　なにが起こっている？

ふるっと頭を振って不安を振り払い、悲鳴が聞こえた方角に走った。やがて見えてきた光景に、虚を衝かれて立ち尽くす。

悲鳴の主はふたりの男。ひとりは太ったスキンヘッド、もうひとりは痩せた長髪で、ともに血だらけだった。

「ひ、ひぃっ」

太った男は脚を引きずりながら逃走していく。だが、痩せた男は地面に転がって、動物と格闘していた。

真っ白な毛に覆われた四足歩行の動物だ。

「ウウウ……」

大型犬ほどの大きさがあって、マズルは長く、尻尾がふさふさして、牙が鋭い。

(犬？　いや……違う)

まさか狼!?

そんなはずない。自分の考えを即、否定した。狼がここにいるわけがない。

日本ではとうに絶滅したのだ。神宮寺一族以外、残っていない。それに、視界に映り込んだ動物は、自分が見知っている誰でもなかった。

希月が正体を推《お》し量っているあいだに、動物は真っ赤な口を開け、男の腕に咬みつく。牙がざくっと突き刺さり、血が噴き出した。

「ぎゃああ……」

「やめろ！」

希月の制止に、動物がびくっと震える。咬みついていた腕から口を離し、くるりと顔を回転させてこちらを見た。その隙に長髪の男がよろよろと立ち上がり、腕を庇《かば》いつつ逃げ出す。

逃げる男を顧みることなく、動物は希月に向かって「ウ、ウ、ウ」と唸り声をあげた。

黄色い眼が爛々と光り、全身の毛が逆立っている。尻尾もぴんと立ち上がり、膨らんでいた。

「ガゥゥゥ……」

どうやら、希月を新たな敵だと認定したようだ。いまにも飛びかからんばかりに上体を低くした動物を見て、希月も身構える。

（来る！）

そう確信するのとほぼ同時に、白い塊《かたまり》が跳躍《ちょうやく》して飛びかかってきた。どんっという衝撃を受け止めた反動で地面に転がる。

組み合った希月は、自分の首筋を狙って咬みつこうとする動物の、首根っこを摑んだ。動けないように固定しておいて、腹部を膝で蹴り上げる。人間を含めて、動物の急所といわれる場所だ。

「キャインッ」

悲鳴をあげて、動物が飛びすさった。よろよろと数歩後ずさったのちに、どさっと地面に横転する。

「…………」

三十秒ほど様子を窺ってから、希月はゆっくりと、地面に横たわった動物に近づいた。しゃがみ込み、完全に意識を失っているそれを、間近でじっくり観察する。

細部までチェックして、導き出した結論は、にわかには信じがたいものだった。

これはやはり狼だ。自分も狼だからこそわかる。

祖父も白狼だが、もちろん祖父じゃない。

もっと若い――初めて見る狼。

ニホンオオカミではないはずだ。エゾオオカミでもない。

海外に生息する大陸系の狼で、動物園から逃げ出してきた？

それとも、近くにこっそり飼っている家があって、そこから脱走してきた？

目の前に狼が横たわっているという非現実性に、なんとかリアリティを持たせようと模索《もさく》していると、白狼がブルブルと震え出す。

「……っ」

とっさに立ち上がり、反撃に備えた希月は、次の瞬間、「あっ」と声を出した。白い冬毛に覆われた狼の体に変化が訪れたからだ。

まるみを帯びていた前肢の先が変形して五本の指が現れ、マズルが引っ込んでいき、尻尾が縮み、全身を覆っていた体毛が消えていく。

「なっ……」

普通の人間なら、自分の頭がおかしくなってしまったかと疑っただろう。それか、幻覚を見ているのか、と。

だが希月には、目の前で起こっている超常現象に見覚えがあった。正確には、見覚えじゃない。自身の体験だ。

「人間に……変化している？」

掠れた声でひとりごちる。

つまり、この狼は人狼!?

息を呑んでフリーズする希月の前で、白狼は「変身《メタモルフォーゼ》」を完了させた。

「マジ……かよ」

いま自分の足元に、全裸で横たわっているのは、抜けるような白い肌を持つ若い男だった。一見して人種は判断できない。白狼時の姿を彷彿《ほうふつ》とさせる、腰までの長い白髪のせいだ。

希月は意識的に息を吐いて体の強ばりを解き、ふたたび地面に片膝をついた。男の顔にかかっている白い髪を、そっと指で掻き上げる。

現れた横顔は、目を閉じていた。長くて白いまつげ、少しだけ上を向いた繊細な鼻梁、かすかな膨らみを持った唇、華奢《きゃしゃ》な顎《あご》。

顔の造作を確認するにつれて、希月の目がじわじわと見開かれる。全身に震えが走った。わななく唇をかろうじて開いたが、衝撃が大きすぎて声にならない。

ぱくぱくと口の開閉を繰り返しているうちに、驚愕のあまりに萎縮していた喉がやっと開き、その名を発することができた。

「……みちる!?」

to be continued...

「烈情 皓月の目覚め」書き下ろし

あとがき

少し間が空いてしまいましたが、発情シリーズ最新刊を皆様にお届けできる運びとなりました。（初めて発情シリーズをお手に取られた皆様、これまでに『発情』『欲情』『蜜情』『色情』『情～Emotion～』『艶情　王者の呼び声』『艶情　つがいの宿命』が出ております）

さて、ひさしぶりの発情シリーズとなる『烈情』は、希月編です。前回『艶情』にて双子の片割れの峻仁とアーサーの恋物語を描きましたので、残るは双子の兄……ということで、予測されていた方も多かったのではないでしょうか。予告が出てから「キヅ編、待ってました！」というお声もいただき、うれしかったです。峻仁の海を越えた運命の出会いとは、ある意味対照的なお話になっているのではないかと思います。人狼とはいえ高校生同士というのが、私は書いていてなんだかとても新鮮でした。ただ甘いだけじゃなく、そこにかすかな酸味も加わって、絶えず胸がざわざわ、ざらざらしている感じ。自分たちでも抑えられない衝動と熱量。いいですよね！

本編をお読みの方はおわかりかと思いますが、お話はまだ終わっておりません。下巻は年をまたいで二月に発売予定となっております。後編にあたる下巻は、ぐっとドラマティックな展開になっていきます。ふたりがどうなるのか（特にみちる……）、北上先生の素敵なイラストともども、どうかお楽しみにお待ちくださいませ。

では、下巻でお会いできますことを祈って。

岩本　薫

Illustration：北上れん
次巻予告
白い狼に変身したみちる。
驚愕する希月の前で、
みちるは人狼の本能に衝き動かされて暴れ…！
二人の恋の行方は⁉
2018年2月19日(月)発売予定！
BBN
「烈情 恋月の行方」

ビーボーイノベルズをお買い上げ
いただきありがとうございます。
この本を読んでのご意見・ご感想
をお待ちしております。

〒162-0825 東京都新宿区神楽坂6-46
ローベル神楽坂ビル4F
株式会社リブレ内 編集部

アンケート受付中
リブレ公式サイト　http://libre-inc.co.jp
TOPページの「アンケート」からお入りください。

BBN
B●BOY NOVELS

烈情 皓月の目覚め

2017年12月20日 第1刷発行

著者――岩本 薫

発行者――太田歳子
発行所――株式会社リブレ
〒162-0825
東京都新宿区神楽坂6-46ローベル神楽坂ビル
営業 電話03(3235)7405　FAX 03(3235)0342
編集 電話03(3235)0317
印刷所――株式会社光邦

Printed in Japan
ISBN 978-4-7997-3602-9